谨以此书，献给伟大祖国西部渴望看世界的孩子

西部的孩子走世界

以爱执笔 & 探索亲亲世界

李乐乐 ◎ 著

广东旅游出版社
GUANGDONG TRAVEL & TOURISM PRESS
悦读书·悦旅行·悦享人生

中国·广州

图书在版编目（ＣＩＰ）数据

西部的孩子走世界/李乐乐著. —广州：广东旅游出版社，2024.3
ISBN 978-7-5570-3201-2

Ⅰ．①西… Ⅱ．①李… Ⅲ．①纪实文学－中国－当代 Ⅳ.
①I25

中国国家版本馆CIP数据核字(2024)第032434号

出 版 人：刘志松
策划编辑：何　阳
责任编辑：魏智宏
装帧设计：秾　芳
责任校对：李瑞苑
责任技编：冼志良

西部的孩子走世界
XIBU DE HAIZI ZOU SHIJIE

广东旅游出版社出版发行
（广东省广州市荔湾区沙面北街71号首、二层）
邮编：510130
电话：020-87347732（总编室）　020-87348887（销售热线）
投稿邮箱：2026542779@qq.com
印刷：佛山家联印刷有限公司
（佛山市南海区桂城街道三山新城科能路10号自编4号楼三层之一）
开本：889毫米×1240毫米　　32开
字数：120千字
印张：6.75
版次：2024年3月第1版
印次：2024年3月第1次
定价：58.00元

【目 录】

【序】

用滚烫的生命拥抱一切变化

想起李乐乐，总是不自觉要乐一下。因为她足够有趣，也足够独立。这让我想起每天傍晚太阳快落时，天空的西部就会出现一颗很亮的星星，那是金星。

金星是太阳系中唯一逆向自转的行星，它比太阳落得晚，又叫长庚星。同时，它出来的比太阳早，又叫启明星。每一颗星星都是不同起点奔跑的选手，当宇宙大爆炸，它们是向外逃逸而去的。人类的历史太短，以至于没有人能观察到星星的运动轨迹。

李乐乐就是宇宙中这样一颗耀眼行星，行走万里、绽放光芒。

认识李乐乐，是一次机缘巧合，我却被这个内心披着西部霞光的孩子的纯净而触动。之后，我看了李乐乐发来的《西部的孩子走世界》这本书稿，我才了解了她的不可思议之处根源于西部的地缘环境、生活文化的多重影响。如她所说，她很幸运是在中国的西部长大的。那是一个葡萄美酒夜光杯的恣意驰骋之地，也是一个阳光灿烂的快乐之地。想得到在每天被自然拥抱，将灵魂沐浴在一望无际的黄土高原之上，又被一代代历史人物留下的英雄故事滋养的她，总怀有一颗赤子之心。

即便从西部荒芜之地一路打拼，北上或南下成为一线城市光鲜亮丽的白领精英；即便才能逐渐凸显，身边的赞誉也随之而来，但她始终没有沉溺在他乡的繁华盛景。在疫情下，她将自己行走世界的经历一一整理、书写了出来，为的是丰富西部的孩子们知晓世界的联系。

西部人的性格最是洒脱，他们朴实而勇敢，李乐乐的世界行走之旅便是在这种框架与激励的不断冲撞下形成的。用她的话说，她想去亲身看看那些儿时只能在世界地图上看到的国家，她想不断求知，增长见识。所以，她从生机勃勃的亚洲到浪漫文艺的欧洲，再到时尚现代的美国，最终走向视野广阔的非洲。对李乐乐来说，在高度竞争的社会环境中，女性随时面临着诸多困境和两难抉择，如事业与家庭、工作与爱情、理想与现实。然而，她能够结合工作或假期的机会，不断积累着她的世界行走，是允许身体与灵魂自由思考的，在无数被机翼掠过的朝霞与落日余晖中，还怀有充满着梦幻，以及对来与去、新与旧、本地与外地的思考。

看过这本书稿后，我想行走的意义不在于你遇到了多少人，见到多少美丽风景，而是在某一瞬间你能够突然认识自己。身体与精神随时准备出发，总是在行走中，总是在路上。设想这将意味着什么？意味着成长。几乎所有一流的文学作品，都与旅游有关。行走世界，那些遥远国度带来的心理上的陌生与新奇，也让李乐乐敞开怀抱、积极地去理解那些陌生的民族。

同时，旅行也是精神与心理的极致挑战，只有那些精力充沛、从不迷失的人才有可能应战。那些别人看上去时尚又令人羡慕的东西：国际视野、全球旅行。其实，仔细想想，都充满着不安、寻找和无法预知。所以，在那些异国他乡，没有共通的语言、没有共识的文化、没有共用的导航系统，难以想象她是付出了多少回辛苦，才走遍了千山万水，又是付出了多大耐心，在行走世界的旅途之后，写出了这本真实而细腻的游记，或者说是她的世界观田野调查。

我曾读过她的第一本书《西部的孩子走西部》，她走遍了西部家乡，结合工作、旅行的机会去一点一滴地记录和歌颂西部的发展变化。在她的笔下，有西部荒野的美丽星空，浩瀚无际且干净纯粹；含有真实厚重的亲情与人性，摧心剖肝又含义深远。此次，再读李乐乐以她充满女性内心力量的创作，用富有激情的艺术家才具备的创作欲望，与开放的心态在路上不断追寻，并拥抱一切变化的《西部的孩子走世界》这本书稿，感受到的始终是流淌在她心中滚烫的生命力。

贾云峰

（联合国世界旅游组织专家、教授、博士）

【自 序】

　　小时候，我的房间只有很简单的陈设，一张写字台是供我和家姐学习和做作业使用的，写字台的对面是一字排开、摆放着的两张床铺，我的床铺上方的墙壁上贴着两张地图，一张是中国地图，另一张则是世界地图。记得小时候，在很多个写完作业的闲暇时间里，我就是站着或者坐在床铺上，仰视和直视着这两张地图。它们浩瀚又遥远，新奇而充满了挑战。我喜欢那些哥伦布发现新大陆的故事，着迷于世界各个遥远的角落里，那些一连串很长、又很绕口的地理名词。也许，对于一个西部山沟里长大的孩子来说，那张世界地图和那么多新奇的地理名词，就启蒙了她长大后想去看一看世界的心愿。

　　此外，这位西部的孩子很庆幸自己生长和生活在全球一体化的大时代背景之下，就如我在初、高中时期，既可以阅读中国的古典名著，也有机会品鉴了欧洲的文化、历史小说一样，不得不说，欧风美雨和中西古今的影响，带给了我们这一代人最为宏大和继往开来的历史发展图景，也打开了一名西部的孩子观世界的勇气和信心。与此同时，作为一名房地产行业的从业者，世界中西方的重要城市、城市群、都市带的发展逻辑、阶段和节奏，也是我需要深入学习和体会的。所以，这些年间，我以期待寻求世界重要城市的城市发展逻辑与关联的工作视角，以期待感受世界各地民情和人心的社会视角，在力所能及的条件下，在所到有限的国家和城市之中，去感知和领悟，学习与升华。

在此，深深感谢这一个令我对世界发展、人类发展、城市发展和民风、民情认知，不断震动和突破的有益过程。这些震动，就像亚洲行走之中，我能不断体会着这片热情土地上的生机勃勃；就像在欧洲的旅行之中，我亲切感受到工业革命对现代社会发展的推动，和对西方精神世界的影响力；还像当我走入非洲大地、能触摸着人类7000年前辉煌与骄傲的古文明时，心中那种无以言表的震撼与启迪。这是一个西部的孩子看世界的旅程，也是世界教会了一个西部孩子学习、欣赏与沉淀的历程。

于此，我将《西部的孩子走世界》的行走纪行与体会感受整理出来，谨以绵薄之力献给各位本书的读者。愿我们在世界、城市、我们不断一体化发展的今天，看到世界，把握城市，知晓关联。

李乐乐

第 一 章

生机勃勃的亚洲

日本城市文化体验

日本，是我走出国门、欲之前往的第一个国外国家。一方面，因为日本与中国地理相近，有着挥之不去的文化交流与历史纠葛；另一方面，日本作为亚洲地区社会与城市化发展水平前列的国家，在房屋建造工艺方面有着先进经验和丰富实践。所以，有一年的春节假期，我与家人一起踏上了前往日本的旅程。我们由深圳出发，经由山东省口岸出境，再飞往日本南部的城市——大阪，并由南向北途径京都、名古屋、横滨等日本国内的典型城市，最后抵达首都东京，而这条线路作为一条游览、了解日本国家历史、经济发展和文化的经典线路，也是相当紧凑、丰富的，它令我在短暂的假期中，体验到了全面而丰盛的异国风情。

至今，我还清楚的记得，我们抵达日本后的第一个感受，是来自嗅觉的。那是来自神户的天然海滨都市风光之中，一股清新、干净的空气味道，吸入时，直感到湿润和清甜。神户，作为一座身处大阪都市圈的重要城市，还是一改了我对都市以往的刻板印象。它不是水泥森林，也没有紧张的都市节奏，而是傍晚，我们伴着神户海边的清风，走在神户乡村弯曲而狭窄的小路上，看到的青色石头道牙，雨后光洁的小路，以及高度近人的灯杆和街旁的小店。神户的一切都市感，是亲切的感受。此外，我看到这样的乡村小路上，虽然随处可见日式经济型小汽车的停放，但似乎每辆车都有自觉贴近住宅院墙，腾挪更多道路空间以方便路人通行的初心，就在密密麻麻的停放中，又透着一丝人情关照的味道。

其实，不管是经济型小汽车的大量应用，还是眼前"停车有礼"的这一幕，都明确地告诉了我：日本节约型社会理念下，在能源使用方面的贯彻，以及日本从明治维新开始，强化社会素质教育的规范意识。另一方面，通过考究日式经济型小汽车的外观，我发现它们是与我们国家过去一个时代的"微汽"很相似的，但实际上，日式经济型小汽车的外观更方正，更强调空间的使用性，与之相比，我们会更追求微汽流线外观的美感。

随着夜晚天空飘落下的雨点，我们走入了路边的一家杂货店，希望买把雨伞支持后续步行走回酒店的计划。这是一次异国他乡与异国人的交流，我心里多少还是有点没把握，于是从对店主人的身量打量开始，以及在店主人年近半百的脸庞中，读出了他社会阅历丰富的肃穆表情。此时，他也正透过眼镜打量着我们，试图与我们进行言语交流，我急促之下，用脑海中仅能反应出的英语单词来与他交换信息，最终还是碰撞出了商业交易的意图和成交的可能性。这是一次真实接触地道日本人的经历，感受中他们似乎没有刻板印象中刻意的不友好，但的确包含着不少审视，我想其中既有因陌生而带来的人际距离，也有日本是一个偏严肃文化的社会性反应，这也是我对日本社会文化氛围的第一个具体感知。

第二天清晨，我们在小雨中出发，准备开始一天的参观旅程。正当我们踏出日式酒店推拉门时，恰好看到了一群清晨上学的日本小学生，他们三两结伴，或跑、或走，都整齐地穿着西装上衣和短裙或短裤。虽然无惧严冬的寒冷，但他们冻得通红的双腿还是令人触动。我们观察着这些西式规制的校服，据说很多学校自建校开始，就沿袭采用某一种西装上衣加短装的款式，所以，不少百年历史的学校，其校服款式也带有日本百年前的历史遗风。这让我想起日本曾在二战时期，认为自己是西方国家，而不将自身归入亚洲国家体系，也曾在明治维新时期，出现过极力追逐西方文化的历史运动。大和民族似乎是拥有一种坚韧地沿袭和传承能力的民族，正如我们经常听到某个日本家族制作茶具、陶器或经营寿司已有百余年历史，并一直追求这一技艺提升的故事。

与此同时，近距离感受日本耐冻素质教育后，我感到了至少三层文化意涵。首先，相信很多人对世界卫生组织近年来发布的专项报告中，日本人蝉联世界寿命排名第一的现象，颇感好奇。其实，我也是好奇者之一，所以通过实际感受和与当地的日本居民交流，我逐渐得知日本人普遍认为孩子拥有多种天赋潜能，例如抗冻、耐寒能力一旦被激发出来，就不容易感冒，而如果不从小训练孩子的这一潜能，他们可能一辈子无法真正拥有。此外，日本人普遍保有泡汤泉和泡浴的生活习惯，于是抗冻、耐寒训练，与汤泉和泡浴的驱寒、活血，就像日本人身体素质训练中的一刚一柔，彼此平衡，从而激发蓬勃的生命力。所以，不难看出，日本人的长寿秘诀是与身体潜能的开发意识存在重要联系的。

其次，随着自己的出国次数增加，我发现不少国外餐厅是以是否喝热水来判断我们来自中国、韩国还是日本。在很多外国人眼中，只有中国人才坚持喝热水，而日韩两国因深受西方餐饮文化的影响，并不坚持这一用餐习惯。据说在英国伦敦机场，也有醒目的指示牌标注了"热水"和"退税"的字样，以方便中国游客的行动，于是，"喝热水"也成了一个中国人国际化认知的标签。再次，日本小学生抗冻、耐寒的身体素质训练，也使自己又一次亲切感受到日本素质教育的硬核。曾经在多年前，因工业化和全面家居解决方案的技术合作，我有幸与东京建务公司的工程师们共同工作过一段时间。工作之余，我们发现这些日本工程师大多除了本职专业之外，还普遍拥有一到两项精湛的运动技能。例如日本国家一级建造师佐藤先生，除了拥有日本顶尖的装配式技术外，还是日本国家的二级排球运动员；业务高管山本既通晓六国语言，极力为东京建务公司开拓海外业务之外，还因家乡在日本的北海道地区，从小便拥有了专业的滑雪技能，他的滑雪痕迹还遍布了世界的知名高山。

于是，在这个身处日本的寒冬清晨里，"向身体要潜力"，是我对日本"硬核"素质教育的深入感受，我体会到日本人将人的身体视作一个精密的机器，在它的训练、运用、治疗和保养方面，还有着更为深入而独到的理念，这是我对日本社会文化氛围的第二个具体感知。此后，我们用时一天，完成了对大阪市的参观和游览。其中，最为难忘的是我们登上了天守阁，我站在天守台上，怀想着丰臣秀吉修建这座建筑时，凌驾权力和历史的初心，也畅想着他瞭望眼前一片茫茫的大海时，心中的感受。相比中国春秋战国百家争鸣、人才辈出的年代，与我们一水之隔的日本，也曾经历过一段特殊的"战国时代"，只是两个时期的历史形态相似，但年代却相差较远。日本的战国时代相当于中国的明朝同时期，维持了将近150年的时间。

然而，就在这150年间，日本的政治统治经历了多个政权的更替，各地大名纷纷崛起，在幕府将军、守护大名与庄园领主、贵族之间，不断上演着为争夺领土和权力的混战。其中，丰臣秀吉代表的"桃山时代"正是经过了四国征伐、九州征伐、小田原之战后逐步统一日本的阶段，而他本人从贫苦农民家庭出身，由下级步兵到成为织田信长的接班人的成长历史，也很有时代代表性。此外，丰臣秀吉建立的新封建体制，确定了日本士农工商的身份，以及奖励新兴工商业，扶植城市发展，都对日本向近代社会发展，城市经济发展形态有重要历史作用。这让我联想到"时势造英雄，英雄促时势"的古话，可见在东亚文明共同圈中的日本政治历史中，也得到了充分印证。

带着对两国文化联系的思考，我们第二天的行程是从大阪出发，去往京都。对于我来说，这可是充满期待的一天，因为日本的京都曾被媲美中国的西安，它是同样有着千年历史积淀的古都之城，还是曾经历过日本向中国文化学习的一段重要历史时期，成了唐文化在日本国内的集中应用之地。于此，作为一位古城西安的女子，我此行的期待正是将这两座城市相比，去感受和体验千年前唐文化的遗风和渐入日本的文化成果。我们的车辆刚刚驶入京都市区，就看到城市中的仿唐建筑群，它们是一座座黑色的檐塔式建筑，散发着古朴文化的馨香，时而矗立在街道两边，时而在弯曲街道的转角，均以端庄开朗、大气典雅的大唐遗风，有效将观者的思绪拉回到千年前的中国。我仿佛感觉到这粉色樱花树丛中的黑色仿唐建筑景象，还原了盛世大唐的流芳与温暖。

走在京都的街道上，感受着一座气息与众不同的日本文化名城，它没有东京的喧闹、繁华，也不似大阪的海派都市风景，而是身具低调而美丽的风流，是戏剧化的城市，充满了历史故事。与此同时，亲切感带来了情绪度的提高，我们的行动也快速起来，第一站，我们先奔赴了京都有名的一处参观景点——西阵织馆。西阵织馆，之所以名满日本并成为外国游人的打卡点，除了它有日本国宝级的传统工艺品，在织品界享誉崇高的地位；还因为它以多品种、少量生产突出了其织品的稀缺性。在物以稀为贵的长期经营理念下，更是营造出了西阵织珍品的纪念收藏价值。正如我们也是准备一睹其正宗的日式和服表演，和赏鉴各式西阵织的工艺品，购买和带回国内留作纪念。

这座因位于京都西阵地区而以地名命名的织馆，虽然久负盛名，但其实内部场地并不算大，似乎也秉承了日式节约型社会的传统，可供游人参观的区域仅有两层，其中一层是西阵织和服的表演场地，另一层则是陈列、展示各种织物的空间。我们坐在一层大厅的木质舞台旁边，安静地聆听着柔和的音乐，观看身着西阵织和服的女性在表演日式传统舞蹈。这种日式传统舞蹈，是讲究在具有收敛性的每一个舞蹈动作中，去体现女性的柔和、优美，再搭配上西阵织和服的娴静和亲切感，真正将意味延伸到了妙处。同时，这也是我第一次近距离观察日式和服的色彩和突出女性颈部之美的设计。经过与西阵织馆工作人员交流，我得知和服的颜色其实也深受唐文化的影响，采用了色泽艳丽的色彩或增加色调对比的纹样。同时，和服体现着日本社会文化的审美传统，由于日本男性很重视女性的颈部美感，并有通俗的以颈部美感来定义女性的习惯，所以和服的设计保有仿唐的风格，开放与华丽。

观赏和服演出之后，我们步入了二楼的展厅，此处既有和服的传统款式，也有简约、时尚的新潮款式，我想这是迎合了现代社会轻便着装的需求，就像当下全国风靡的改良汉服那样。一眼望去，我隐约感知到和服对碎花图案的情有独钟，其中应用特别广泛的是日本的国花樱花。同时，我还发现不论新、老款式的和服都在色彩挑选上，尽量避开了耀眼、夺目的颜色。如此一来，置身一整层织物展厅中的我，仿佛走在柔和、粉嫩的花海集合之中。对比眼前秀丽的和服，我思索着和服与旗袍作为东方女性代表性服饰的异同点。虽然，两者的理念和款式不同，但体现了东方女性柔和、内敛、雅致与亲切的美感诉求却是相同的。从款式设计的细节来看，旗袍的窄袖和高领体现了内陆民族应对寒冷气候和打猎日常活动时的社会文化背景，而日本作为海洋国家，在和服的舒适和敞露细节上，更具了风雅和优美。于此，也折射出了服饰点滴皆是文化的意思，我相信每一个民族服饰的背后，都包含着这一民族对世界观、文化传统、审美意趣的传承与承载。就像西阵织品在精工质地和针法的背后，还可向深体会它被誉为"日式蜀锦"，并同我国的云锦、壮锦、蜀锦、宋锦并称为"东方五大名锦"的文化魅力。

如果说，我们所见的京都和服文化颇有唐文化的渊源联系，那么接下来我们参观的京都五大寺便更加勾起了仿唐文化的魅影。记得我儿时，有一部日本动画片《聪明的一休》风靡了全国，每当"一休哥"的片头曲响起，孩子们就会围聚在电视机前，甚至一休的一句"让我想想，我一定会想到办法的"也成了口头禅。而片中的人物，比如新右卫门和小叶子都是一代儿童的记忆烙印，而片中禅寺的简单生活与黑白两色的枯山水，都形成了我对清修和智者的最初印象。所以，值得庆幸的是，儿时动画片中使我念念不忘的禅寺——京都大德寺，如今就在我的眼前。这座建于日本镰仓时期（相当于与中国元朝同一时期）的悠久寺庙，位于京都市北区，它是日本禅宗文化中心和茶道文化的典范之地。

虽然，大德寺也曾因历史上的战乱而遭遇过焚毁，但正是动画片中的一休，以80岁高龄出任了该寺的住持，主持重修了这座寺庙。眼前的大德寺，拥有唐风古韵的亭台楼阁，枯山水与枫树林，以石子和白沙铺就的甬道，这一切景致都可让人瞬间沉静下来。身处大德寺，我竟无一刻异国他乡之感，既重拾着童年的回忆，又品味了仿唐建筑的气息。一刹那间，我想旅行的意义也许不全在未曾体验的各种猎奇事物之上，而是随着年龄增长，去品读记忆中的美好，既花时间看过去，又用心投入当下，再对未来充满达观，也是一种深入的灵魂滋养。与此同时，寺庙中的茶道表演，其实复刻了中国古代的品茶场景，以茶叶粉末冲泡出茶汤，再以斗茶、点茶来展示古代茶文化的精美仪式感，还通过考究的茶具用器折射出格物致知、精工细巧的日本匠人精神，以此令整场茶道表演都相当高雅。

触类旁通，从中国传统文化的角度来看，有着"茶、花、香不分家"的俗语，所以眼前的品茶场景，也让我联想起了日本的花道技艺。此外，品茶、插花与焚香，自古以来便是中国的"禅艺三绝"，后期也被日本誉为"三雅道"，其三者共同体现着东方人的社会生活雅趣观。据历史记载，日本花道是由一位日本遣唐使小野妹子，于学习中国佛前供花技艺时潜心钻研，并将此技艺带回了日本，再结合日本社会的审美需求，而逐渐形成的一类生活美学。同时，花道技艺在日本的大力普及，得益于日本政府的重视。据说，日本政府曾将插花、缝纫、女子礼仪与茶道一同视为女子情操教育的重要课程，还提倡花道成为日本女性不可或缺的修养和技艺之一。截至目前，我发现在日本花道的各大流派中，仍有池坊流这类沿袭和强调古典传统的插花流派。

而单就插花技艺本身而言，可谓是一项锻炼天、地、人三位一体和谐统一思想的实践活动。我曾学习过小原流初等科的花道课程，每当我坐在桌前，面对方寸大小的水盘，开始观察每一枝花材的大小、疏密、曲折度时，内心都感觉我在体会每一枝花材的表情与情绪。然后，要在各种花材之中，思考和选出能够体现内心美感和寓意的取材组合，再以小小的剑山为力量支撑，插出表达当下内心思想的花作。在整个插花的过程，其实即便是简单的草木、花朵，或者一样的取材，经过每个人的塑造，也都可以打造出完全不同的花作，每一个花作也都有着不同的美感、匠气和灵活度。往往一个班内同学的思想与审美，通过花作便可以分出高下。所以，我在学习花道时，也常常感叹日本人在精致事务上的钻研精神，在这一微乎草木类的艺术中，也大有乾坤。于此，在京都各种风雅意趣的旅行体验中，我形成了对日本社会文化的第三个具体感知。

而后，我们的脚步走过了京都，开始启程前往日本的海湾城市——横滨，计划参观著名的丰田汽车无人生产流水线，同时京都到横滨的旅程切换，仿佛是从古典社会回到了现代时刻。丰田汽车，曾在打入发达国家市场时，采用了"亚洲龟"战略，即缓慢爬进发达国家汽车市场的底层，面对引擎动力差、可靠性低下的质疑，通过提供自动变速等技术创新，引领日本国家制造业的质量改进的运动风潮，再逐步向发达国家汽车市场迭代向上，成了汽车行业世界级的思想领导者。在这一系列的战略动作背后，我们再次看到了日本"尊强"与进取的现代企业管理风格。此外，对于企业管理者非常有意义的管理启示，还在于丰田首先提倡的"准时库存"管理意识，以及建立"零存货"的管理理念，在企业资金使用和生产效率方面都是先进和深具现实意义的。

随后，在前往世界超级大都市的东京时，我真正体验到了人类在现代都市杰作中最成功的作品之一。虽然，对比自己多年后在纽约的感受，我也认为东京是一座贴满了国际超大都市全部标签的城市。它规模庞大、商业繁华、环境嘈杂、效率极致又丰富多元，这种复合的都市感弥散在东京这座城市的每一个角落，无论是东京一番街的酒吧中凌晨才走出来的酒客，还是我们既定参观的六本木地区钢结构的建筑群。当我饶有兴致地参观了科技钢结构建筑后，脑海中不由自主地回想起一则汶川地震时的故事。

那是汶川地震的当天，强烈的震感已由震源传到了千里之外、我们办公所在的大厦。当我们紧急疏散跑到楼下的空地之后，才发现三位东京建物的工程师并不在其中。怎么办？谁也不知道突如其来的震感还会带来怎样的危险，但国际友人的安危事关重大。然而，就当我们再度冲回办公楼、找到三位工程师时，却看见了一幕意外的情景。此时，他们正游走在办公区内、向外观察向外奔跑的人，还镇定地向我们阐述这类钢结构大厦的抗震效能，以及地震中结构的受力变化，并提到地震时如果搭乘电梯或向外奔跑，反而可能因停电困在电梯里，或是被正在掉落的玻璃幕墙砸伤……然而，他们淡定的态度和专业的讲述，最终并没有说服我们，还是被我们连拉带架地带下了楼；但每次回想这件事，想起日本工程师因警惕危险又不好拒绝的尴尬表情，颇感一丝有趣。

此次日本之行，我们从大阪登陆，造访了古朴的京都，又赶往了现代工业城市横滨，最终从国际大都市的东京返程国内。虽然，我对日本社会的人文风俗在观察中有了体会，但也仅可谓是对日本历史发展脉络有了一些基础性的了解。后期，随着工作与学习，我阅读了不少日本作家的书作，继续品读着日本身处东亚文化圈，与中国社会的发展渐进性和差异性。在此过程中，我首先发现日本是重视应用知识类书籍的国家。虽然，我经常看到的只是一本薄薄的小册子或简单、条理的工具书，但它们的存在很普遍。这种应用知识类书籍的普遍性，的确让生活思考和专业问题有了集合式的汇集和对应的解答，虽然简单，但较完备，也颇让我感到日本是将精细化意识对应到了管理型社会的方方面面。此外，日本作为现代城市化进程较早，并在社会发展形态上超前的国家样本，有一些关于社会公共性思考和社会发展方面的书籍，对我们还是颇有借鉴意义的。其中，大前研一先生的《低欲望社会》一书，就深深地启发了我去思考城市发展的阶段划分、欲望社会的消费趋势，以及社会不断发展对婚育传统观念的冲击与影响。

如果说，我的日本之行，是开眼看世界的第一次初试，那么，接下来的缅甸之行可谓是自己真正走入了生机勃勃的亚洲。那里的社会经济、贸易形态、人文氛围都散发着古老亚洲的传统气息，既体现了生机勃勃，又蕴含着方兴未艾。

沿着伊洛瓦底江到仰光

有一年的深秋，我和同伴从西藏山南回程拉萨的旅行途中，藏族司机告诉我们，那时我们正沿着一条很长、很长的河流在行进，它就是拉萨河。这条在藏语中叫吉曲的河流，是一条意思是"快乐、幸福"的河流。拉萨河发源于念青唐古拉山脉的罗布如拉，这条河流流经了西藏的墨竹工卡县、达孜区，最后经过了拉萨市，又在拉萨市的南郊汇入了雅鲁藏布江，所以这条拉萨河的干流因为造物的神奇和周围山峰林立，在地球表面上呈现出了一个巨大的"S"形。而这条"S"形的河流从东北向西南伸展着、流淌着，不经意间全长流过了500多公里，也成为西藏雅鲁藏布江的五大支流之一。

我眼前这条泛着光泽的拉萨河，时而会平缓地流淌，像一条白色的带子，时而湍急地从公路边的护栏下向前涌动，像一股有粗细感的绿色飘带，时而还会在河流中间出现局部的断流，少许树木生长在裸露出来的河床沙土上。由于流经区域两岸的山峰多数是在海拔3600—5500米之间，所以它又被司机师傅称为世界上最高的河流之一。眼前这条被寓意为"快乐美意"的拉萨河，特别是快到拉萨市区的那一段有着浅浅的河水，银白色的波光很是灵动，这与西藏有名的尼洋河不同。尼洋河是翡翠碧绿的河水，深邃而充满了艺术美感，相比之下，这条拉萨河仅是一条清澈、简单、平淡，又几近生活的河流，寓意了快乐来自简单和宁静的真谛。

如果论起西藏的河流，那并不比西藏的高山、湖泊逊色，因为除极地冰盖以外，全球第二大冰川的聚集地就在青藏高原，也被誉为"亚洲水塔"。青藏高原孕育的黄河、长江、恒河、湄公河、印度河、萨尔温江和伊洛瓦底江养育了东亚及东南亚国家数十亿人口。其中，发源于林芝地区察隅县的恩梅开江就绕行了中国云南境内，有着为人熟知的名字——"独龙江"，再一路向南流入了缅甸境内，成就了中南半岛上的著名大河——伊洛瓦底江。这条伊洛瓦底江，作为缅甸国内最主要的河流，河边两岸的河谷地带一直是缅甸的经济发展与历史、文化变迁的中心地带。其实，仔细品读人类发展历史，不难发现河流无愧于人类文明的摇篮，四大文明古国也都诞生于沿河地区，其中中国与印度古文明为我们所熟知，古埃及文明诞生在尼罗河两岸，而古巴比伦文明是诞生在美索不达米亚平原，发源于幼发拉底河和底格里斯河之间。

是的，正是河流滋养着人类文明的辉煌和前行，它可以是一条航线，也可以是一个历史、经济、文化的走廊。就像这条伊洛瓦底江两岸的河谷平原，一直是缅甸国内最重要的农业种植区，还因历史古老和富饶丰盛，孕育过缅甸多个强盛的王朝。同时，伊洛瓦底江中游地区蕴藏着油田，下游的三角洲结合气候盛产稻谷，如此也构成了缅甸的主要城市密集区，由北至南依次是八莫、曼德勒、蒲甘和仰光。其中，虽然八莫对我来说稍显生疏，但它的确是滇西茶马古道中的一个重要节点和集散地。八莫的名字，也曾多次清晰地出现在中国多地茶马古道纪念馆的路线图中。此外，伊洛瓦底江作为一条从缅甸北部密支那向南1730公里皆可通航的天然航道，是缅甸国内河运的一条大动脉。这条河运大动脉向北追溯源头，就是绵延、传递中缅地区文化交融的重要纽带；向南向下游，就是缅甸国内规模最大、人口最多的仰光市。

所以，我怀着河流哺育文明的探索之心，也怀着对一衣带水的文化的期待，有一年的春节假期，与同伴从深圳出发经由昆明飞往仰光。我们坐在飞机上，我的脑海中还在不断闪现旅行网站上的那些神秘图片。那是红砖佛塔伫立在伊洛瓦底江两岸的土地上，它们的存在就像阿拉伯世界中的一千零一夜一样，在我心中是很多个耐人寻味的故事。同时，我也十分好奇缅甸究竟会是怎样的一个国家，在世界一体化的今天，是否还保留着古老文化本味；还是像我已走过的泰国、柬埔寨、马来西亚、新加坡那样，与中华文化的社会秩序、历史脉络和文化逻辑紧密相连。总之，我的内心满是对缅甸更具独特风貌，更具异域风情的憧憬，期待更靠近赤道的仰光开启我们新的一年，也在假期素美如初的朴实与宁静之间，回答我对这个国家所有的好奇与期待。

然而，美好之中总有意外。由于当时国内由昆明飞往仰光的航班仅是东航的每天一班的往返航班，我们的行李因超大和最晚登机两项原因，被遗留在了昆明机场。所以，实际上当我们兴冲冲到达仰光国际机场时，是寻遍行李而不见的，我们在等待所有行李传输之后，只好向仰光国际机场的地勤人员寻求帮助。这是一次没有心理准备的小意外，特别是读过日本作家尾妹河童的《印度笔记》一书后，由于异国交涉的难度，对行李能否如期回归，没敢抱多大期望。然而，行李中都是过年丰盛的准备，从简易炉具到一应食物，都散发着想念的召唤。当与仰光国际机场的工作人员进行简单英文交流之后，他们很快明白了我们需要一位懂中文的同事沟通。稍后，在对方核准行李遗留之后，我们得到了回复：请等待，明天同一时间来提取，行李将由明天的同班次航班运到仰光。第二天，当我们看到行李如期出现在传送带的第一件，并由机场工作人员帮我们取好时，我环顾了一下仰光国际机场简单的海关陈设，并不由地感慨发生在我们身上的，恰好与《印度笔记》中相反。我想，也许缅甸的基础建设不够先进，但人很靠谱。

到达仰光之后，整个人似乎都浸泡在蓝天、白云和炙热的阳光里，街市既不拥堵，人们也平和而淡定，丝毫没有让我感到炎热气温下的燥热和浮动。我们推着行李走进了之前预订好的市区酒店，一边观察酒店自助餐食的国际化程度，一边打量着身旁走过的各式各样缅甸人。我发现他们与我之前在瑞丽边境看到的缅甸商贩有些不同，虽然，同样有着胖胖的身材并穿着缅甸特色的隆基，黑黑的手上戴着硕大的金镶玉戒指，但他们脸上的自信和淡漠，恰恰表达了作为当地富人阶层对本土文化的控制感。随后我们走入酒店房间，稍事休息，便在傍晚时分前往了伊洛瓦底江，去亲眼看看它在仰光的真实情景。当我们走到了江边，我的眼前是一片浑黄、厚重的江水推展开来的一个硕大水平面，在这片水面上，承载着装满集装箱的大型货船。同时，这片水面很大、很大，虽然以水体的颜色可以明确它不可能是海，但是当我站在江的一端、望向另一端时，心中还是充满了目之所及很缥缈的浩瀚感受。此时的伊洛瓦底江，虽然因下雨而显得颜色浑黄，但从江两岸的一派工业货运繁忙的场景来看，即使不下雨，它也回不到一条农耕文明之下静静流淌的河流了。我眼前的伊洛瓦底江，此刻实证了历史的车轮不可倒转这一发展规律，带着些许遗憾，我们计划通过探索名胜古迹来揭开缅甸神秘的历史文化面纱。

有关缅甸的神秘感，我认为既来自它"千塔之国"的信仰美誉，也因为它"玉石之国"的自然禀赋，于是随后的几天时光之中，我们紧紧围绕着这两个突破点，规划了伊洛瓦底江三角洲的旅行参观线路。首先，我们决定参观仰光最著名的大金塔古迹。作为缅甸南部恢宏的金塔建筑群，它与缅甸北部蒲甘的缅寺红砖塔交相呼应，都是这个国家最具代表性的佛教建筑。此外，仰光大金塔还与柬埔寨的吴哥窟、印度尼西亚的婆罗浮屠，一起被誉为"东南亚三大古迹"，足以见得它所蕴含的地域文化厚度和驰名世界的文化分量。我们按照大金塔景区的游览规定，在二十六七摄氏度的高温下，身着庄重的长袖衣裤，脱鞋、脱帽，以赤脚轻声行走在通往景区的菩提树连廊上。走过连廊后，我们来到了一处开阔的小广场空间，相传这里有一株菩提树是佛祖曾在此修行、使用过的。此时，树下聚坐了很多在此歇凉或瞻仰它的游人，这让我想起在汉传佛教中，也有不少菩提树下讲经、说法的场景，乃一脉相承。

同时，在这方菩提树广场的左前方，就是著名的仰光大金塔建筑群了。在眼前一大片金灿灿的大小金塔建筑群中，我们看见了一座金光闪耀得能恍惚视线的大金塔。相传这座大金塔始建于年代悠久的公元前588年，最初建塔是因由古缅甸商人在印度经商期间巧遇了佛祖释迦牟尼，佛祖赐予了古缅甸商人8根自己的头发。随后，古缅甸商人从印度带回了佛祖的头发并敬献给了当时的缅王，又在缅王的帮助下，修建起了供奉佛祖头发的大金塔作为朝圣之地，只是据记载，当时的大金塔仅有20米高。虽然，历史上这一建塔行为是由民间商人而起，但后期却得到了缅甸王室的扩建与修整，其中在15世纪与18世纪的两次大型修建中，不仅提高了原有塔身的高度，还镶嵌了金箔、宝石，并安装了金伞。我观察眼前这座112米高的大金塔，它壮观又富丽堂皇的视觉效果，的确彰显着缅甸王家威严的仪式感。特别是塔身贴有的7吨重崭新、厚重的金裹装饰，足见缅甸人对大金塔赋予的骄傲和礼赞，它已是缅甸的国家象征，就如我们中国的长城与天安门那样。

此外，精湛的金箔装饰技艺造就了如今的仰光大金塔，它像一只倒置的金色大钟耸立在仰光茵雅湖畔的圣山上，同时这种为塔贴金的习俗，不仅由缅甸王室兴起，也在缅甸民间广泛流传。我们漫步在大金塔景区内，随处可见售卖金箔的小桌，便也入乡随俗地买来了数贴金箔，以手指点中金箔贴在佛像指定的粘贴区域。其实，我一向认为对于异域文化的理解，首先是我们需要有投入的心态和沉浸的体验，并不带有文化比较的主观意识，而是通过行为去参与，将自己的注意力从内心牵引到环境中，从而实现与异域文化更好的连接。所以，就是这样一个贴金箔的小小举动，也增加了我们与大金塔文化连接的兴趣。

对我来说，最惬意的感受是每在清风吹来的时候，清风

抚动金伞，也吹响风铃，叮当作响的声音，刚好在大金塔反射的明艳阳光里，显得既悦耳，又空灵，它们像在传递自然的感悟，也像是信仰在内心的流动。与此同时，我发现在这样的场域中，不管是来自仰光本地的，还是来自缅甸其他地区前来朝拜的缅甸家庭，他们都会在大金塔建筑群中停留相当长的时间。我以由衷欣赏的目光看着眼前一家几代、一代几口的缅甸家庭们，他们一起来大金塔，一起沐浴在佛光下，这仿佛已经成了他们的生活日常。其实，也不光是缅甸家庭，我还看见景区内不分国籍、不分老少的人群，排坐在大金塔的广场上或是大金塔的塔身下，他们不时地瞻仰着金塔。我在他们宁静的眼神中，看到的是心灵在沐浴，或者内心在祈祷，总之在体会信仰的佛光下，安住。眼前的一幕，也让我不由得相信此世间最留得住人心的地方，就是能得享内心安宁的处所……

当我们怀着流连忘返的心情离开大金塔时，乘坐的车辆行驶向市区繁华的街市，我从车窗中回望着大金塔恢宏的金顶，以及金顶上那一片湛蓝的晴空。这是不虚此行的一次游览，必须礼赞这座世界级的佛塔，闪耀着文化的颂赞、荣光与骄傲。同时，带着大金塔给我们的视觉冲击与心灵感受，在之后的几天时光中，我们还探索了仰光的昂山市场和玉石街，这可是一次对缅甸玉石的全面科普和知识脑补，也带着一丝久违的亲切感。曾经在中国的"极边之地"腾冲旅行之时，我就发现了腾冲的和顺古镇之中，有着自己的"三项式"生活主题，它们分别是赶马帮、走夷方、玉石生意。虽然，和顺古镇作为腾冲的旅游名片，但也真实、完好地保留了极边之地人们的自然生活状态。每当我走在和顺古镇的古朴街道里，看见的是地道的生活，早市上有手工黄花糍粑的乡间本味，云涌吉祥的蓝天下清风拂面。午后阳光下，有饮茶的满满闲趣，其间少不了茶与花的互即互入，古镇中一处处的缅甸会馆，不仅经营着玉石生意，还将木材生意做到了中国。其实，古来有之的滇西茶马古道，它的重要目的地就是缅甸，而走夷方的滇西汉子们历经千辛万苦将中国的茶叶和日用品驮运到缅甸，再与缅甸人进行玉石、木材的物物贸易，这便是滇西马帮的朴素商业模式了。同时，由于我国与缅甸交界的边境线很长，除了腾冲，瑞丽也有着缅甸玉石贸易的古老历史和现代交易的大型市场。所以，中国人提到玉石，缅甸则显得分外亲切；而当"老缅们"提起中国，他们也在感受到满满的熟悉与情义。这份情义是经年日久的深度，是一衣带水的沉淀。

如今，我真正走入了缅甸，去领略这个世界上最大的玉石原料之国的天赋异禀，这种天赋也让缅甸成为世界上200多个国家之中，不可为人忽视并为人称道的神奇地方。在仰光当地，我们通过当地的华人朋友还了解到，目前在缅甸对于玉石矿产，政府还是允许私人开采的。如此，这简直就像一个快速致富的通道，在缅甸开采玉石的中国商人也不少。此外，大多数的玉石开采产业链是以包山开采为主，然后做简单的毛料处理，便运送回中国加工。实际上，我国早在新石器晚期的红山文化玉器与良渚文化玉器出土中，就已体现了工丽繁缛、精细秀气的雕刻技艺，所以，不得不说玉石开采与加工也将中缅两国紧密地联系在一起。我观察着眼前玉石街和昂山市场中的缅甸翡翠和玉石商品，它们的确在技艺细节处理上略显普通，但简单的造型难掩原石质地的光辉。

然而，我在玉石街的普通摊位之外，发现还有一些地摊和散铺，其间售卖的是一些以简易机器加工之后的玉石珠串。从质地上判断，这些珠串基本来自碎玉石原料，而大多售卖这种玉石珠串的正是脸上涂着黄色清凉粉的缅甸妇女。通过饶有兴致的交谈，我不仅了解到缅甸妇女之所以喜爱这种"特纳卡"粉末是由于它曾是王室的御用之物，还具备美容养颜和降温防暑的功效，以及玉石光辉之下缅甸平民的真实民情。这位缅甸妇女告诉我，珠串的碎玉石原料是由于每次开采玉石山都会有大型爆破，而每当玉石矿被炸开时，也会飞溅出不少的碎玉石原料，她们这样的平民便会冒着飞石砸伤的危险，在开山巨响之后，蜂拥而上地采集碎石，虽然仅是碎玉石，但质地是好的。我非常信任地点点头，虽然，我已走过多个国家，旅行纪念品亦不再吸引我，然而却买下了各式珠串和这位缅甸妇女推荐的清凉粉。因为我看得出，碎石原料是这些缅甸平民赖以生存的生活来源之一。

其实，除了玉石，市场中的特色木雕和漆器，也是深具当地文化色彩的作品。虽然，我在同是东南亚的国家泰国、新加坡、马来西亚的市场里，也见过充满了因得天独厚而取材丰富、又散发着各种自然气息的木器和木雕。但不得不说，装饰精美的漆器是昂山市场的一大特色，特别是在彩色运用的方面，多是黝黑的漆器以红色点缀，同时红色部分采用几何纹饰，显得严谨而精美。这些漆器是可以从大小不同的造型到用途，从统一款式再到不同尺寸，总之，它们在昂山市场里是应有尽有。此外，引发我思考的还有这类漆器要保持在日常使用的审美不倦怠，是否以抽象图案的想象空间大于具象图案呢？所以，是不是缅甸所见的几何纹饰的漆器，还有曾观察到中国部分少数民族妇女的手工绣花，才都是以当地文化中神奇、古老又神秘的几何纹饰来体现呢？然而，每当想到此处，我又不禁困惑，这些来自民间的手工制作者们可能从未上过几何学，他们是如何将这些几何纹饰演绎得如此精妙？这实在是一种神奇的能力，也是文化传承的意义所在。

此外，在缅甸的神奇体验感还来自这个文化世界的多元性，就像我们意外遇到了小小的基督教堂、仰光市内 Chinatown（中国城）中的关帝庙、街边印度教几层浮屠装饰的粉彩神庙，以及安达曼海边的自然潮汐，让我相信不管是受到哪种福音的启迪，我都在缅甸人身上看到了他们安静、祥和、朴素的样子。比之国情，他们并不富有，但我能感到温情总在流淌，这也像我在仰光的街头发现的随处可见的储水装置。它们是一种小龛型的砖堆建筑，龛中放置着一或两个简易的陶土罐子，罐子的旁边又摆放着一小只水杯。起初，我以为这种小龛型的装置是一种供祭祀用途的建筑，然而在不断观察当地人的使用示范之下，我才明白了原来它们是在缅甸炎热的天气下，一种供远来行人自取喝水的装置，体现了当地的社会公共文化习俗。

随后，由于对缅甸人生活习俗的逐渐深入与了解，我越来越想眺望这座城市、这个国家更远的历史远方。通过翻查资料，我兴致勃勃地发现在中缅历史上，还有着更多的联系与线索。那是早在中国的魏、晋时期，就有了关于古骠国的记载，它可是缅甸的前身，也是一个延续了600多年强盛的王朝。据记载，古骠国曾拥有18个属国，是伊洛瓦底江下游的一个佛教国，而都城卑谬正是今天的仰光北部地区。此外，在我国的唐朝时期，还更为具体地描述了骠国的地理方位、文化发达、擅长音律以及遣使来唐的外交联系。其中，白居易"玉螺一吹椎髻耸，铜鼓一击文身踊。珠缨炫转星宿摇，花鬘斗薮龙蛇动"的诗句，就是对古骠国舞蹈的惊奇与赞叹。我想那一定是诗人领略了这一方水土对自然、动植物和生命的另一种中土之外的认知和表达……

此时，我站在历史不断复兴，又不断让历史线索再一次重现的仰光大地上，在历史的镜面中，我端详着那些中缅两国在政治、经济、文化、信仰方面的闪光交错与相互促进的光影，我饮酌着中缅两国一衣带水的胞波情谊，祝福着这个古老、神秘、多元的国家，在崭新的时代，汇成合力的奔流。

金边的加工厂

　　5年前的6月，深圳已是一派炎炎的夏日景象。我站在候机大厅的玻璃窗前，望着深圳午后炙热的阳光直击在大厅幕墙上，反光的耀眼预示着窗外的热浪和辐射。这次，我们要飞往的是比深圳更靠近赤道的柬埔寨，去往这个国家南部的首都金边市，考察当地的房地产开发市场。我的脑海中并不知此时的金边会是怎样的一派热带风情，也猜想着它又或者会与我曾去过的新加坡有着异曲同工的感受。我抱着自己的双臂站在候机楼的窗前，思绪不由得飘飞到了曾经一个漆黑与灯闪的新加坡夜晚。

　　那时，我的航班落地后，很顺利地搭上一部计程车。在前往新加坡市区的路上，我首先闻到了那座城市在大雨后，道路两旁泥土的热气与蒸腾。随后，在一路与司机的攀谈之中，我饶有兴致地了解到了当地有趣的一种热带植物，虽然到现在我还是叫不准它的名字，因为新加坡语中含有当地发音的特征，但当时所见树木的形状还是记忆犹新的。它们有着乔木的外观，高大的枝叶，热带季风催生了它们的过快生长，加之植物体内的高水分含量，所以那时计程车司机一边开车，一边指向路边随处可见的掉落树枝，告诉我这种植物经不住风雨的易折性。那时，令我感慨的是自然赋予了这种植物神奇的自愈力，因为它们一直快速重复着断裂与生长，与再次茁壮和再次断裂的破坏与重建，这样的一条生命之路，当真刷新了我的认知。的确，这些年的工作和行走，让我亲身验证了读万卷书不如行万里路的古语，我很珍视每一次与陌生的环境和文化触摸的机会。此行去往柬埔寨的首都金边市，虽然是应邀考察和洽商，大概率是标准的看地和地产商务工作流程，但我依然期待会收获有关柬埔寨社会、人文、历史发展的观察体验。

这一次，飞行的时间并不久，我们便在下午昏沉的睡意中，朦朦胧胧地抵达了金边国际机场。透过舷窗，我看见了几处黄白相间的干栏式建筑。此外，一走下飞机悬梯就扑面袭来的热浪，是一秒之内就可以感受到来自东南亚热带季风气候的正常打开方式。结合自己的旅行观察，我发现气候不仅仅决定了当地的物产，人们果腹的味觉偏好，还决定了地区文化性格和生活的表达方式，就像中国北方人的豪爽与热情，比之南方人的精细与温和。同时，纵观地区发展，还会切实地感受到气候往往是人类经济活动的主要决定性因素之一，就像我们通常在判断东南亚地区的项目投资时，还会侧重考量以下两个问题。其一，是相对客观和数据化的当地人均GDP等经济潜力性指标；其二，是评估炎热气候下，特殊工作规定对项目进度的实际影响，就像我们眼前的这种高温，是无法实施和完成室外作业工程的。同时，东南亚各地往往也有因地制宜的非用工时间，所以东南亚地区的地产项目，通常单体开发量并不大，但操作及去化周期长往往会对冲、抵消掉原有的外来资本优势。虽然正值东南亚地区城市化高速发展，以及对房地产开发与建设处于高峰需求之时，但这类项目投资却像一块充满了诱惑、却有些苦味的巧克力那样。

我们乘坐的商务车，穿过了金边的中心市区，缓缓开进一家庄园式的索芙特酒店。就当车子进入酒店园林的绿树林荫道时，我才体会到了全天以来的第一次清凉、舒适的体感。随即，我们快步走入木质装饰的酒店大堂，我很欣喜地看着Check in（入住）前台上那些新鲜而娇艳的花朵。这家环境优美的酒店，拥有完备的酒店设施、豪华外立面和宽大的园林，客房中悬挂着老式吊扇和以木质格栅装饰的吊顶，这些元素共同以自然赋予居住者亲和的感受。同时，酒店提供自然、宁静的人文风格和周到而慢节奏的服务，这也是这一酒店品牌在东南亚地区的统一标准化调性。然而，标准化之外也有柬埔寨当地独特的文化元素体现，例如在我们一进酒店就能看到墙壁上柬埔寨国王、王后、王子的画像。画像中的柬埔寨国王是终身的国家元首，也是国家军队的最高司令，以及国家统一和永存的象征。此外，对于一个君主立宪制的国家，国王的画像是经常悬挂在主要经营场所的。

经过一晚舒适的休息，我在第二天阳光透过木隔栅照进房间的清晨，享受着宁静的光影和一天中最饱满的情绪。用过早餐，我们在酒店一层的商务中心内散步，我看着各式介绍柬埔寨文化的柬英双语书籍，流连在书架中央铜制的佛像面前。这是一尊典型的古印度风格的佛像，佛祖的外形明显带有印度和东南亚地区的特点，佛像低垂的双目也让我借情、借景地想起了柬埔寨吴哥窟的"来自高棉的微笑"。纵观柬埔寨的国家发展历史，它曾作为中南半岛上的霸主之国，拥有着深入到泰国、老挝、越南版图的广袤土地，掌握着强大的国家机器，创造了举世闻名的吴哥文明。同时，也正是因为吴哥王朝被泰国所灭，而首都吴哥城正位于今柬埔寨的暹粒，地理位置十分靠近泰国，所以才将首都迁到了金边市。读着这些柬埔寨国家的发展历史，不由得让我预感到金边和吴哥城都将是我在行程中的重要文化观察点。

早上九点钟，我与同事们乘车前往了金边市中心的几幅既定考察的商住地块。在随后的几天投资评估工作之中，我们也就金边市的各地产发展板块的潜力，做出了逐一的专业评估。为了增加地缘性认识的理解，我们还与世邦魏理仕等国际咨询公司的金边办事处，进行了商务拜访与专业交流。如此，我开始慢慢地感知柬埔寨的基本经济规律，以及从金边的城市开发逻辑入手，再探寻外资企业在当地主要税收的贡献占比，便能清晰地判断外来资本的注入，即将催生金边又一波地产行情的高涨。然而，对于一个国家的营商环境研究，还需包括政体、社会稳定方面。通过走访和调研，我发现外来企业普遍不担心当地经济基础初级的这类问题，而是对柬埔寨政局变化或许带来的政策变化有着担忧。看来，要想透析以上投资风险，我们需要深入调研金边市的经济发展要素和人文需求。于是，我们深入到当地华人企业家开办的工厂，在参观、学习之中，去近距离感受这个国家的经济发展特点。

通过介绍人引荐，我们最终走入了一间华人开办的鞋帽、服饰加工厂。首先，令我意外的是这家工厂的内部布局与中国深圳的工厂十分相似，都是在每一层加工车间内，刷着统一的浅绿色墙壁，摆放着整齐课桌式的小型机床，机床的旁边都配有一盏白炽台灯。此时，我眼前工厂里的女工们一排排地坐在机床前，她们整齐地戴着工作帽，而手上在飞速操作着打孔、钉扣等二次加工的工艺。眼前的这一番场景，除了令我十分意外之外，还看得出这里的女工大部分都是柬埔寨人，但是她们的工作意识和行为效率似乎早已磨合掉了异国的障碍，不仅井然有序，而且洋溢着华人的管理风范。其次，我们身旁的这位华人企业家朋友，很有感触地向我们介绍了这些柬埔寨女工的生产优势。首先，她们的稳定性高，吃苦耐劳，朴实简单，很多金边当地居民对生活要求并不高。通常，早上8点女工们搭乘公共交通工具抵达工厂开始上班，午餐按照中国人的习惯在中午12点，由工厂提供简单的米饭和烹饪蔬菜就可以，甚至有的女工还会自己带饭。经过一天8到9小时的工作操作，她们在晚上从工厂搭车转回市区。如此周而复始，勤奋守信。最后，我们还见到了负责这个工厂的华人女厂长，她是一位来自福建的中年女性，短短的利落的头发，时时微笑的面庞，看得出这里的女工很信任她，她在异国他乡也找到了事业的支点。我们试着和她交谈，其间她的话语不多，只是表达很想有假期能常回家乡看看还在读书的儿子。

的确，近些年来，在全球发达地区的人力成本、生产原料价格不断高涨的趋势之下，以英国、美国、日本、中国为代表的全球四大"加工厂"，都纷纷将原有国内的加工、制造产业转向了东南亚国家和地区做产业布局和实施生产。其中，鞋帽、服饰加工这类技术不复杂，但批量化生产要求高，就是一批较早从中国沿海地区向东南亚国家实施外迁生产的产业典型案例。同时，近些年来，伴随一线城市物价上涨和经济发展所需的城市空间不断减少之现状，国内不同城市、区域间也在通过房价、租金、用工以及比较政府给予的产业扶植力度不同，而自主推进着内部流动与平衡。例如，深圳近年来就向东莞、惠州及大湾区的其他城市，不断进行着产业输出、扩建和转移生产，包括华为、富士康等知名制造企业的生产基地。客观来看，这是资本的流动性特征，同时产业落地也已有效地拉动了承接城市及区域的经济发展估值。例如，东莞市的松山湖片区，因产业落地而一跃成了大湾区经济发展流动中获益的典型代表。此外，向深思考，资本的特性就是追逐最低的成本获益最高的利润，如此资本在流动倾向性上，会寻求价格及福利保障更低的劳动力，所以我们如何在经济传导链条上求解城市、区域、国家间协调发展的最佳效率，将是未来经济发展很长一段时期内的课题。

然而，我们参观、学习金边加工厂的最精彩环节，其实是听到的这位华人企业家在柬埔寨谋生、办厂的人生传奇。其间，感佩中国沿海地区的一代代人们，就像他们一直反复强调的自己是一名"Farmer（农民）"，因为吃不饱、要谋生，跟随同乡来到东南亚，甚至远行欧洲去讨生活……我不知道三十年前的柬埔寨金边，是不是就有着不少国际获奖影片中，我看到的越南或是印度尼西亚那样的社会形态以及人文风情；我也在思考原本身为中国沿海地区的一名农民，是如何能在号称"东南亚变动最频繁的城市"金边市，完成了创立企业，并在美国上市的人生梦想。也在试想一位12岁就离开中国没接受过多少教育经历的打工仔，是如何成为讲着流利英文并能与柬埔寨各界政要交流的企业家。精彩的传奇背后，令我们心有触动，晚饭间，我们虽然享受着迷离的城市光影和上好的海鲜食材，但我的内心还是不断感慨：人生海海、山山而川。努力与勤奋固然重要，但成长的关键可能还是内心能一次次适应与蜕变，还有结硬寨、打呆仗的经营理念。

傍晚的金边市似乎褪去了暑热的烦躁，园林中的椰树送来一阵阵清风，通透的酒店大堂打开了一扇扇门与窗。我和同事们聚坐在大堂会客区的沙发上，大家都关注到了金边作为"东南亚变动最频繁的城市"的投资风险，于是我们开始讨论有关柬埔寨政体的资料文献。通过整理和讨论，我发现柬埔寨国王不仅是国家象征，还有宣布大赦的权力，还可以根据首相的建议，于征得国民议会主席同意之后，便解散国会。然而，在至高无上的王权之中，也有国王因故不能视事或不在国期间由参议院议长代理国家元首职务的约束。此外，与东南亚各国政体制度差异较大的是柬埔寨的王位不能世袭，需要由首相与佛教的两派僧王和参议院组成王位委员会，推选出新任国王。看上去，这是一套有着详细操作指引的执权体系，但却不难发现其中立法、行政、司法三权分立又相互牵制，容易导致政权的流变。于此，也让我想起了西哈努克国王，在1970年出国访问期间遭遇了一场国家元首罢免事件，而滞留国外多年的实际情况。可见，外来企业家对柬埔寨政局变化可能促发的营商环境动荡的担忧，不无缘由。

在随后的几天时光里，我们带着更为发散的视角去体会柬埔寨的文化与历史发展。特别是有关柬埔寨历史上的新旧两座都城，即代表了吴哥王朝的吴哥城和如今我们所在的金边市，都是当时历史上的世界级大都市。如果说金边是一座代表了现代化经济的城市，我们深谙它的发展趋势，那么早在1100多年前的吴哥城，又会是怎样的经济底盘和社会风貌呢？那究竟是丛林中一个怎样神秘的都城？又为什么要修建如此大规模的印度教雕塑群——吴哥窟？它与后期的佛教信仰又有什么冲突与联系？很多个"为什么"吸引着我的目光，聚焦在了吴哥城这座旧都城身上。

遵循人类考古发现吴哥城的步骤，我也是先研究吴哥窟，然后再探索、梳理吴哥城的历史样貌，毕竟"来自高棉的微笑"佛像照片，始终萦绕在我的脑海中。通过图片资料，可以确定的是如果从建筑艺术上来定义吴哥窟，它是高棉古典建筑艺术高峰期的代表作。它体现了吴哥王朝时期，高棉寺庙建筑学的两个基本布局，即祭坛和回廊，虽然后世人们在发现吴哥窟时已不再熟悉这种建筑规制，但是它本身有着自己清晰的文化概念和设计逻辑。其中，大量的祭坛之所以是由三层长方形有回廊环绕的须弥台组成，并且一层比一层更高，是因为要象征古印度神话中位于世界中心的须弥山。同时，在印度神话中，须弥山被定义成世界中心的山，是因为其位于一小世界的中央，而一千个小世界被称为一小千世界，一千个小千世界被称为一中千世界，一千个中千世界被称为一大千世界，所以我们在吴哥窟中看到的大量祭坛，就代表了我们常说的——三千大千世界。另外，从"建筑是大地的诗行"这一角度来看，我不由得感叹印度教文明中包含着既深具数理，又广大、缥缈的世界观。此外，为什么祭坛的顶部，都矗立着按五点梅花式排列的五座宝塔，这是因为印度神话中须弥山有五座山峰。同时，祭坛和回廊扩充了吴哥窟的外围，并修建了一条环绕寺庙的护城河，那是因为要象征印度神话中环绕须弥山的咸海。

在将吴哥窟的建筑概念设计剖析清楚之后，我开始判定吴哥窟，实际上是一个复刻了印度神话中的传说，并期待将须弥山、咸海，四大部洲和八小部洲等景致，完全容纳在其中的国家级印度教朝圣所。忽然间，我便能理解为什么吴哥窟在史学家、人文爱好者心中都占据着不可替代的位置，因为它的美之于建筑、神学、信仰以及造佛运动本身，都是一个奇迹。此外，吴哥窟是隐秘在丛林之中，绝世独立了千年之后，又被挖掘出的一个遗失的世界和曾经顶级的文明。据考证，吴哥窟是由强大无比、政教合一、神王思想统治之下的吴哥王朝建造，而这个王朝的社会经济、文化高度又以吴哥窟为历史见证。

据考证，吴哥王朝曾拥有3000平方公里的领土，发达的农业、精密的灌溉系统和人工湖蓄水技术，大力促进该王朝的农业兴盛与发展。同时，吴哥王朝的首都吴哥城，曾是当时地球上一座百万人口的大都市，这是与同时代的大唐长安城相比，也毫不逊色的。从城市发展历史来看，即在工业革命之前，人类生存主要依靠土地和农业，从而无法放弃这些生产资料向某一大城市集中，所以在工业革命之前，像吴哥城这样规模庞大的中心城市，实属罕见。想到此刻，我轻轻地闭上了眼睛，脑海中是一幅这样画面：一座建立在郁郁葱葱的树木紧紧围绕的富庶土地之上的吴哥城，城市的上空有炎炎烈日，城市中有平坦的田地、交织的河网，古高棉人勤劳地耕作，他们生生不息地繁衍在公元9世纪到15世纪的700多年间，并创造和享有高度的物质与精神文明，还开创了高棉建筑的历史与巅峰……这简直就是一个奇迹！

然而，奇迹的收尾往往伴随着哀伤。吴哥王朝所在的中南半岛，也是世界上国家第二多的半岛，所以自古以来就是历史争夺的场域。相传，半岛的土著部族建立了高棉王国，之后古彝族南下建立了缅甸国，古傣族南下建立了曼谷王朝，其中各个力量之间的张力也在此消彼长。历史上，缅甸曾经基本统一过半岛地区，南诏国也曾将疆域扩展到今泰国的北部地区，而柬泰两国之间有着约800年的领土恩怨，所以吴哥王朝就是陨灭在与泰国的战争烟尘之中。与此同时，以接近400平方公里的吴哥窟作为半岛历史符号来看，中南半岛的文化是汇聚、混合的产物。

在我领略了吴哥窟的建筑和知晓了吴哥城，以及品读了中南半岛的历史之后，我打开了内心原有的世界观局限。我想，还有很多人类未曾发现的历史惊喜和震撼就藏在时光的历史长河之中，期待我们共同去挖掘和体会。虽然，以吴哥窟的神秘宗教建筑风格来判断，历史上的吴哥城相比唐长安城的端庄开朗，城市建筑风格略有不同，但是，不得不说吴哥城的隐秘与富庶，也是亚洲生机勃勃的代表，它如斯安静地建立、繁衍、发展，又逝去得没有痕迹，只为我们留下了那享誉世界、又耐人寻味的"来自高棉的微笑"。但如果你亲身前往，亲手揭开了这一段神秘的历史面纱之后，便会心领神会那"来自高棉微笑"，是有多么动人、骄傲和哀伤了。

巴厘岛三次"文化选择"

　　在畅游生机勃勃的亚洲国家时，我常会默想自己身为一个小小的生命体何其幸运，能够生长在亚洲这片人类文明的摇篮中，不仅因为它拥有世界四大古代文明发源地中的三个发源地而自豪，还因为自己亲身走过亚洲的荒漠、高山、峡谷、水泽，领略过多地、多民族、多宗教、各类文化之后，内心越来越笃定生命力是社会、经济发展的前因，每一个历史上能汇聚丰富人口的地方都有蓬勃的生机，蓬勃的生机经过发展就会形成文化，而有文化精神的社会久而久之又能汇聚成文明。所以，对于有着41亿人口的亚洲来说，我一向相信的是，它既是一片生机勃勃、欣欣向荣的人类文明基地，有着辉煌的昨天，也将持续着生生不息、滚滚向前地推动人类发展的脚步。而这一点粗浅、普遍的相信，是来自自己步履不停的亚洲国家行走之中，由北到南、从东到西地逐渐感知、体验和不断印证的结果。其中，一个美好的体验便是印度尼西亚的巴厘岛浪漫之旅。

当飞机抵达巴厘岛机场时，当地是一个明媚的午后，就在飞机缓速下降、准备着陆期间，我已从飞机上迫不及待地探望窗外，这是属于阳光、椰树和大海的美丽世界。虽然，巴厘岛机场的规模不大，同时每天接待的游客是以中国游客为主，但这些环境因素无法让我一下子便明白已身处亚洲版图最南端的异域之地了，随之而来的是地接导游热情的接待，又一下子提振了我们的情绪状态，他们以最巴厘岛的方式来欢迎我们，将岛上特有的鸡蛋花串戴在了每一位游客的头顶上，并张开热情的拥抱向我们而来。就在这些欢迎仪式之后，我环顾了一下四周，发现原来机场外满是头顶花串攒动和穿行的游客，但不得不说小小的装饰和大大的拥抱，都为我们平添了几分浪漫和轻松的度假情调。

十年前的巴厘岛，是亚洲著名的世界级旅游岛，它位于印度尼西亚爪哇岛的东部，面积约有5620平方公里，岛上是一派热带植被茂密、鲜花众多的原生态景象，所以，它也有着"花之岛"的美名。浪漫、寂静和异域，这些文化元素足以令它成了亚洲情侣和年轻人争相追捧的爱情旅行目的地。我们在上车前往度假酒店的一路上，就感受到了普照大地的阳光，来自太平洋洁净而湿润的空气，以及观赏到暖湿气候之下孕育出的神奇、精彩的自然植物。后来，我在度假酒店也见到了平生所见最大的鸡蛋花，虽然这种花在广东极为常见，但巴厘岛上的此种花朵竟大出一倍尺寸，并有粉红、玫红的艳丽色彩。酒店园林中的小径也显得十分原生态，石板的缝隙中挤出细细密密的绿色小草。每当通行这些小径时，我都会光着脚走过它们，走过一遍、再走一遍，用皮肤去感受它们的鲜绿、茸密和柔软。在这样身心放松又疗愈的环境之中，我翻阅着有关印度尼西亚这个国家的历史和文化书籍，每每回想巴厘岛的度假旅行，我都怀念穿着人字拖或光脚在酒店房间外的一片草地上，那些回归自然的阅读时刻，我们时而读书与休息，就这样日子散散地度过一整个下午。

作为一名生长在内陆省份的人，我从中学的地理课开始，便好奇印度尼西亚这样拥有17500多个大小岛屿，分散且不规则的万岛之国是如何实施国家治理的，这其中会有哪些特点和与我们的异同之处。同时，在经济与社会不断整合的趋势下，印度尼西亚拥有的这么多个分散领土之间，又是如何实现日常交通与生活连接的。以及回想起大学期间，我们通常很容易理解大陆、海洋、伊斯兰法系，但需要结合历史、文化、信仰等因素，才能联想使用混合法系的地区。比如，我清晰地记得印度尼西亚虽然是典型的海洋国家，但因为曾是荷兰的殖民地，所以它沿袭了大陆法系，并在个别领土地区使用着混合法系。随后，我在地图上看到了印尼的南端还有一处帝汶岛，岛上还有一个国家，虽然，东帝汶国的领土面积约为15000平方公里，似乎与印度尼西亚唇齿相依，你中有我，但它是独立主权，曾因是葡萄牙殖民地且又与印尼有着共通的历史源流，而发生过实际控制关系。不得不说，印度尼西亚不同寻常的国家经历和形态，超出了我们的固有认知，也引导我们去深入探知这个国度的神奇。

第二天，我们在酒店用过了早餐，感受着好吃又新奇的热带水果，其中有一种蛇皮外壳的水果，既酸甜又美味，据说它是巴厘岛人清热、促泄的夏季首选。在享用了经典的巴厘岛早餐之后，我们便乘车出发，前往了此行的重点行程——巴厘岛海神庙。据说，它是一座建造在海边巨岩之上的寺庙，我们可以捕捉大海潮起、潮落的间隙，然后光着脚、蹚着海水，再跳上这座四周被海水包围、完全与陆地分隔的印度教神庙。虽然，它被称为巴厘岛最著名的海神庙，但从建筑构造来看，其实并不复杂。同时，也没有采用繁琐的门楣装饰，只是简朴、大方地伫立在海边。我思考这也许是意义大于建筑本身的原因了。相传，这座海神庙始建于公元16世纪，因最后一位东爪哇地的大祭司避居于此，并爱上了巴厘岛海岸的美景天成，所以建造了这一座祭祀海神之用的印度婆罗门寺庙。

我们跟着游人体验和参观完了海神庙之后，便向与大量游人的相反方向走去，原来这里是一处更为静谧的悬崖海边。此时，已有三三两两的游人坐在悬崖边，欣赏着大海。这是一幅原生态又瑰丽的美景，我看见了一波波涌动的海浪，一层层翻涌的白色浪花，还有碧蓝如洗的天空，以及岸边一片洁白而悠长的沙滩。与此同时，海边悬崖由粉红色的石头山体构成，这种特别的色彩又和大海、沙滩、天空构成了鲜明的色彩组合，令人视觉舒适，又不胜美丽。紧接着，再回望我们的身后，那是一片长满了青色蒿草的地方，此时的蒿草足有半人高，远远近近、疏疏密密地自由生长。如此，我们就置身于一派天然、瑰丽、野趣的景象之中了，我相信所到之人都不免会升起一份离尘的安宁与心静。同时，也就是在这一份久违的宁静中，我听到了自己的心跳。

看着眼前单纯、欢快的海，我体会着它的平静和透明，淡淡的蓝绿色海水，与卷起白色滚边的浪花，它们都散发着友好、温柔、娴静的气息，我想这就是我体会到的巴厘岛风情了。同时，这份特别的文化性情也是我走过渤海、东海、南海、南中国海之后，前所未有的知觉。细细品读巴厘岛的海，它不似中国北方幽蓝色的大海，也不像中国南方清澈、碧蓝的海水，它似乎蕴藏着更多温和的力量，让所到之人倍感放松和治愈。我想，虽然过了500年，但我依然能够理解海神庙的建造者，那一位东爪哇地的大祭司为什么要以此为身心的归所。

也许，巴厘岛是不是浪漫之旅的最佳圣地，仁者见仁、智者见智，但我相信巴厘岛的正确打开方式不仅是观光，而是度假与闲情。于是，我们调整了日程安排，增加了更多人文采风的行程。第三天中午，我们走入了一家地道的巴厘岛风味餐厅，我发现原来巴厘岛最出名的一道菜，竟然叫"小脏鸭"。同时，这道名字独特的美食，正是起源于欧洲人对巴厘岛田间嬉戏、泥水满身的小鸭，进行取材和烤制烹饪的。于是，我一边吃着小脏鸭干净、细嫩的鸭肉，一边思索着巴厘岛的发展历史和殖民阶段对当地文化的冲击。

美味的午餐之后，我们回到了酒店，我坐在酒店房间的桌前，午后的阳光透过木隔栅散落在地上，我开始翻查着资料。原来巴厘岛早在公元前300年，就已经有了非常进步的文化，包括岛上沿用的农田灌溉系统，都是来自远古的垦殖经验。之后，随着历史发展，印度文明在10世纪时，向东、向南逐渐影响了整个东南亚地区。于是，印度教文化由爪哇岛传入了巴厘岛，并催生了巴厘岛在文学、艺术、社会组织和政治形态方面的系统性成长。正是这一偶然的历史机遇，为巴厘岛至今还是整个印度尼西亚之中，唯一信奉印度教的地区播下了火种。接下来，时光已到16世纪初，伊斯兰教执意东行并跨过了印度高原、中南半岛传入了爪哇岛。一时间，原先爪哇岛的印度教僧侣、贵族、工匠和艺术家们纷纷逃亡到了巴厘岛，并促成了16世纪巴厘岛的文明黄金时代。也许就是因为地域边缘性，巴厘岛没有经历这一次世界性的文化冲击。同时，也是这个时期，欧洲探险家们来到了巴厘岛，从荷兰人到英国、法国人。他们对巴厘岛神秘的异教色彩和异教徒丰盛的社会文化，产生了浓厚的兴趣。加之巴厘岛温暖的气候，这些欧洲人愿意在此生活数十年之久。

然而，相比前两次外来文化的吸收与逃逸，巴厘岛的第三次文化坚定性选择，则有过悲壮的时刻。那是荷兰人在1908年殖民了巴厘岛，土著贵族为迫使荷兰殖民者实行人道统治、保护传统文化特色，而选择了大规模自杀。这一悲壮的人民意志行为，的确遏制了殖民者对巴厘岛文化的冲击。后期，随着

1949年荷兰退出了印度尼西亚，巴厘岛成了印度尼西亚的一个省，并保有印度教信仰。由此可见，巴厘岛文化的保留与传承受到天时、地利与人和的共同影响。同时，巴厘岛保护传统文化的人民意志，让我不禁想起了泰戈尔写过的自由斗争诗作，比起印度尼西亚广袤而分散的领土，我对这个国家的人文与社会民情，更有了一份好奇和探索未知的期待。

在随后的几天里，通过观看印尼妇女们的手绘蜡染工艺，我获得了巴厘岛之行不可忘怀的人文体验。我们来到了一家可供游人参观、体验和购买印尼手绘蜡染商品的参观中心。首先，根据经验，我知道世界各地都有丰富的蜡染技艺，因为在人类几千年的农耕文明中，衣物的纺织和装饰都是颇有沉淀的技能。例如我们国家的云南、贵州地区就有大量的蜡染工艺和蜡染布的日常穿戴使用，同时在这些地区，还有偏好扎染工艺与大量应用靛蓝色的主流现象。其次，印尼的蜡染巴迪克技艺，曾被联合国教科文组织列入了"人类口头和世界非物质文化遗产代表作"，同时作为印尼人的国服，它享有印尼政府规定的"巴迪克日"，所以这项技艺就是印尼人文生活的美好代表之一。在我参观各色商品时，便能体会到海岛生活和传统文化真实赋予了印尼妇女们无尽的想象力。虽然，每一幅商品的图案对我而言，都很神秘，但它们看上去鲜活和富有文化灵魂。

此外，巴迪克其实是爪哇语，意思是"描述"和"点"，如果连在一起，则表达了这种蜡染技艺的核心是"根据一定的图案，描述点"。后来，在我观摩这种技艺实操的环节中，我发现印尼妇女会手持一种尖嘴壶状的操作工具，通过反复以点来滴蜡描绘布上的位置，从而形成树叶或花的图案轮廓。所以，在看过巴迪克技艺之后，我还认为巴迪克这个名字是最名副其实的操作手册。此外，通过一天的参观与交流，我发现可以将自己沉浸在原生态与自然的操作表达之中，是一份非常难得的精神享受。傍晚，我们回到酒店，我披着古朴的巴迪克纱笼，看着酒店葱葱的树林，坐在园林中可以小憩的座椅上，我脚边棕黑色、东南亚风格的地灯已经亮起，而我还在回味白天那一场高度凝结印尼人文风采的参观体验。

　　我们除了饱览巴厘岛的自然、历史、文化、生产技艺之外，在巴厘岛的几日愉快的晚餐中，最有特色的当数一家备受推荐的手抓饭餐厅了。印尼的手抓饭是与我原有印象大相径庭的，也和我们熟悉的新疆手抓饭会将各种食材混合，相互借味的蒸煮烹饪方式完全不同。巴厘岛人的手抓饭，并不将米饭和各种菜式混合一起，而是以精美的餐盘分隔摆放着主食和配菜。所谓"手抓饭"仅是表示以手抓作为进食的方式。虽然，我们是以筷子为餐具，同时欧美国家使用调羹等器物来进食，但不可忽视的是世界上有三分之一的人口，是以手抓的方式来进食的。我在尼泊尔旅行期间，便发现当地人是可以用手吃饭、喝汤以及调配食物的，这其实也是一种饮食文化带来的手部技能。

　　此时，我面前的餐盘中摆放着鲜嫩的当地蔬菜和咖喱酱，甜丝丝的印尼米饭闻上去相当美味，还有牛油果搭配各种热带水果调制出来的什锦果汁，主菜基本是以鸡肉或鱼虾为主料进行煎炸、红烧的菜式，实在令我每餐都食指大动。与此同时，好在这家餐厅因大量游客的慕名而来，而预备了勺子为我们解围，也很感谢这样的周到。其实，随着自己走过的国家越来越多，逐渐会颠覆不少以往的认知，而每当在陌生环境之中，发现陌生人的理解会为旅行带来方便时，总会想起我的世界观中应该建立这样一种美好：我们本是心里有别人的民族，也要成为心里有别人的自己。

在巴厘岛的日子，是阳光暖暖，生活散散的美好时光，对于每一个快节奏下的都市人来说，期待寻一方净土，让心安稳，让身舒畅，所以能够享受日光的沐浴和绿色、清新的世界，的确是一份令我难以忘怀、温和又沉静的滋养。而巴厘岛相比东南亚其他国家与地区，和中华文化的异质性较强，这也更容易令人走出旧环境的模式与循环，有利于人们在自然与原生态的轻松旅行中，放下自我意识中负面的印痕和枷锁，疗愈精神，从而找回原本属于生命的直觉和创造力。

迪拜的城市发展逻辑

　　有一个对全世界来说响当当的地区名词一直萦绕在我的脑海。它从1960年以来的近60年间，一直在刷新世界城市发展的高速度、顶级标准和快速经济创富。特别是近十年间，还成了深圳家喻户晓的奢华旅行的首先目的地，七星级帆船酒店，世界第一高楼哈利法塔，购买奢侈品的价格让利，以及一个个沙漠人工奇迹，迪拜令旅行发烧友们摩拳擦掌，似乎少了迪拜的旅行打卡，将会是一件颇为遗憾的事情。我身边的朋友们也都在迪拜旅游热度很高的那几年之中，纷至沓来地亲身前往了这方宝地，并踊跃地向我推荐了它的旅行品质。于是，2020年的元旦小长假，我终于开启了一场迪拜之旅，同时也是一次小而美的旅行，因为从深圳出发，仅需五天便可完成全部行程。元旦，既是新年的起始，也是处于寒冷冬季的小假期，所以前往风景优美又富产石油的波斯湾，以及领略迪拜如何在寸草不生的沙漠，发展成为现代化国际大都市的奇迹，对我来说，也是一场有关城市发展逻辑的知识洗礼和充电。

行程一开始，我就享受到了迪拜号称"世界飞行中心"的便利，那是由于迪拜拥有飞往全球各个角落，单程时长不超过9小时的地理优势。同时，这一优势支撑着它向国际高端贸易城市的理想，不断进发。我们用时不到7小时，便抵达了迪拜国际机场，这是一座历史悠久的机场，它诞生在1960年迪拜开始启动城市化发展之后，并成为仅次于最初的艾尔凯兹工业区和沿海一线的卓美亚酒店的迪拜城市发展进程中的第三项重要市政工程。与此同时，后期迪拜国际机场以及我们刚才体验到的阿联酋航空，都为迪拜每年导入的100万旅游人次，提供着卓越的服务。其中，阿联酋航空通过服务细节和丰盛、高标准的餐食品质，成为乘客心目中对于长途国际航班的公认正确选择，也成为阿联酋和迪拜对世界展示风采和实力的窗口。

通过以上思考，不难感受出经商似乎是阿拉伯人古来有之的天赋技能。再当我打开脑海中的知识库，便发现在数千年的亚洲物质文明发展进程中，波斯商业、阿拉伯商业、中亚商业、中国商业、印度商业都有着各自中兴的时期和阶段，但在这些看似地区不同又相互影响的商业网络上，阿拉伯人一直起着重要的作用。他们古来有之远涉他乡、开辟商路的意识，可追溯到陆上丝绸之路和海上丝绸之路时期，同时贸易往来之间，阿拉伯人还向世界贡献了被誉为民间文学史上"最壮丽的一座纪念碑"的《一千零一夜》。通过这本古代阿拉伯民间故事集，我们对阿拉伯世界的政治、经济、社会与文化都有了最早期的认知。我记得小时候，我是看着阿凡提和小毛驴、阿里巴巴和四十大盗的故事长大的，还曾希望自己也能遇到阿拉丁神灯，然后向妖怪要三个愿望。不得不说，历史上阿拉伯商人通过冒险精神，对异域的好奇和对财富的极度渴望，以阿拉伯半岛的地利之便，控制着丝绸之路的东西方贸易节点，并成为向欧洲、向非洲探索的商业先行者。

就在我们抵达迪拜市区时，天空开始飘落了小雨，微冷的寒意还是让我体会到了原本沙漠气候的昼夜温差变化。接下来，我们顺利入住了一家城市主干道旁边的酒店。由于迪拜是开放和西化特点较强的阿拉伯地区，所以这家酒店是标准的国际化配置，有着便捷的酒店服务；此外我发现酒店工作人员中有菲律宾人和印度人，以及部分英国人在担任管理者。通过后面几天越来越熟稔的交流，我才得知原来迪拜的外籍人口占到了绝大多数，酋长国中仅有15%的本地人，本地人的祖先主要是贝都因人，也有其他阿拉伯部族，同时贝都因人作为纯正的血统在当地备受推崇。这一点还是令我相当意外的，那是因为在北非的沙漠中，参观过贝都因人的部落，相比迪拜的贝都因后裔，北非的贝都因人生活原始，他们保留了荒原上的游牧民逐水草而居的生活特点。虽然，贝都因人彪悍、骁勇和顽强，还曾是1600年前，穆罕默德统一阿拉伯半岛时的基本军事力量，但在看过他们今天在北非沙漠中的生活境况之后，还是引发了我思考沙漠中人迹稀少、生活穷困、因沙暴等自然灾害可能造成经济活动发展不连

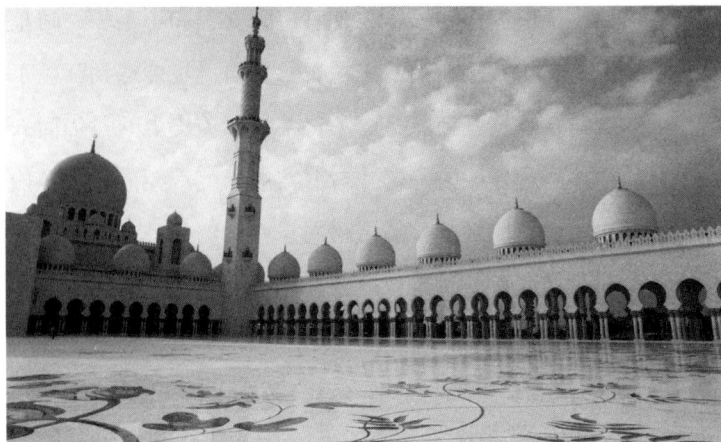

贯，以及社会存续与发展迟滞的问题。

　　于是，带着对贝都因人不同地区不同发展的思考，我走进了迪拜的城市发展历史。迪拜，作为阿拉伯联合酋长国中的第二大酋长国，实际面积为4000多平方公里，地处阿拉伯半岛的中部，阿拉伯湾南岸，波斯湾的西南面，并与另外一个国家阿曼接壤。阿拉伯联合酋长国，听起来是一个相当绕口的名字，但它很直接地阐述了这个国家的政体性质，即是采用了邦联制的国家体系，每个酋长国既拥有自己的政府和主导权，又共同拥有国家对外战争、外交等权益。在阿拉伯联合酋长国之中，第一大酋长国是位于迪拜北部地区的阿布扎比，它拥有整个阿联酋85%的石油储量。而迪拜从1960年开始的城市化发展，主要契机也是发现了石油，迪拜的石油储量根据目前公布数据在6.7亿吨。虽然，迪拜的石油储量并不是阿联酋国家内的头部，但是近些年来，它的名气已大大超越了其他酋长国和所属国家，并以锐意进取的态度和快速的经济发展速度，被世界公认为创富和造梦的理想之城。从城市与国家的定义角度来看，迪拜相当于日本的东京，德国的慕尼黑，国际城市的地位越来越凸显。

正如，我们之所以选择这家酒店，而没有入住其他的旅行酒店，是因为这家酒店的道路对面，恰好是正在修建中的迪拜未来博物馆。根据此前在国内收集的资料，我发现这座未来博物馆是由国际建筑大师设计，并将以创新而独特的建筑语言，是准备再次刷新迪拜建筑奇迹的作品。所以第二天一早，我便站在窗前，开始观察对面这座还未竣工的博物馆。从外观上来看，它是一个巨大的金属结构的椭圆形空心圆环，环状造型独特而且颇具时尚感，就像宇宙中可能降落地球的不明物体，和迪拜政府规划这个博物馆的未来概念相得益彰。虽然，我眼前的它还没有竣工，但主体结构和部分外立面已经完成，可从它的建筑造型推断的是，博物馆的施工难度会非常高。因为它的独特性决定了需要三维建模和流线型钢结构的构件，所以本身建筑外立面的加工，就必须是量身定制才可能实现的。同时，未来博物馆要作为迪拜的新地标，凝聚当地文化精神与气质，所以最让我为之惊喜的是，在这座环形金属建筑的表面刻满了阿拉伯文字，既表明了地标的地缘性，又让时尚建筑与古老文字和谐、交融。

其中，异曲同工的还有即将在迪拜举办的2020年世博会。迪拜政府希望通过这次世博会，向世界传达迪拜由能源城市向科技城市转型的发展理念。同时，为了这项世界瞩目的焦点事件，在2020年世博会场馆的设计之初，就斥以巨资进行了全世界范围内的建筑设计招标，大有超越帆船酒店，再令世界颇为一震的举措意识。此外，通过与当地中国留学生交流，我们还得知了2020年世博会，还意在展现迪拜作为世界商品中心的城市价值，并组织了近3000种的产品参与展出。其中，我们国家的华为，还将作为亚洲优秀科技企业的代表受邀参展，或将取得数亿订单。结合随后几天中，我们参观高耸入云的哈利法塔、人工奇迹的朱美拉棕榈岛，以及七星级的阿拉伯塔酒店的经历，我对于迪拜每一个城市重点建筑的大手笔已经有了系统性的认识。但我也发现在迪拜城市发展的成绩背后，有着一套完整的城市发展构思和强大的政府推动力。以我印象深刻的、高达828米的哈利法塔来说，这一高度既将世界第一高楼的头衔重新带回了中东地区，也改变了中东地区4000多年时光里，一直由埃及胡夫金字塔问鼎最高建筑的现状。所以，迪拜的城市发展轨迹一直遵循着独特的高度和前瞻性，而幕后的导演正是迪拜政府。同时，未来博物馆和2020年世博会，都在规避炫富标签，而是以"未来"或"沟通思想，创造未来"为主题，强化科技价值和人类可持续发展的话题，足以看出迪拜的转型发展非常明确。

在看清了迪拜城市发展逻辑的前路之后，我们的迪拜之行开始围绕它已成熟的核心吸引力，即能源和贸易创富的过往城市发展奇迹而展开。结合旅行参观和体验，我也想尝试探索一下迪拜是如何成为阿联酋人口最多的大都市，又是如何通过挥金如土的奢华酒店，吸引高端消费而成为奢侈品集散地，和作为城市发展的基本盘，它如何保障沙漠到绿色都市的可持续发展。

　　首先，我关注的还是城市发展基本盘的问题，这是因为我曾去过不少沙漠地区，无论是国内的，还是国外的，例如国内著名的旅游景点额济纳，因为水源消失，或战争以及沙漠灾害，这些城市曾拥有过短暂的辉煌，但最终还是变成了沙漠中消失的文明，遗失的世界。所以，当想到半个世纪以来，迪拜通过太阳能滴灌技术将沙漠变为绿色都市的创造力，的确让我们看到了街道两旁绿树成荫，高大的棕榈树像乔木般挺直，以及自然生长的牧豆树和椰枣树，还有建造现代化、高标准的城市街道、广场和商业体，迪拜的确是重视城市环境建设的。与此同时，对于区域气候的改良，据悉阿拉伯人有"生个儿子、种棵树"的民间习俗，一般家庭都会选种耐干旱缺水，同时向下扎根极深、寿命可达200年之上的椰枣树。此外，据悉迪拜政府近期还为了推进沙漠农业，发明了阿兹曼海水农业灌溉技术和云播种盐炮对碰技术。但是，需要思考的是唯有迪拜政府将财政税收的首要投向，放在城市道路建设和城市绿化两方面，才可能支持现有相当高的树木养护成本和灌溉技术的设施投入。这是我通过了解当地灌溉过程中，需要海水淡化、遮阴保水设施、利用沙漠昼夜温差回收冷凝水等环节后，比较直观的感受。

相比对沙漠的改造，需要人类改变环境和世界的坚强决心，迪拜的世界商品中心的城市价值，就显得驾轻就熟和四两拨千金多了。在阿拉伯人几千年的经商智慧积累之下，我看到了不少使我深受启发的智慧和思想。在随后，不管是我们去过的几个奢侈品商场，还是当地特许经营的乳胶、燕窝、阿拉伯特色手工艺商店，我们都发现店内有大量来自世界各地的购物者，也会有不同国籍的销售和管理人员，但实际上是由两位身着白袍的当地阿拉伯男子，做交易价格的决策。通过了解得知，这是由于迪拜的法律中有外来经商须有本地人的担保和持有股份的保护条款。所以，在低消费税的引流下，迪拜既成了世界的商品中心，又保护和促进了当地人的经济收益，还向外学习了商业智慧。此外，虽然迪拜既不生产、也不加工，但通过与阿联酋的加工基地——沙迦协同，将外来经商中学到的技术融入本地特色，从而发展起属于自己的产品品牌。这种联动生产，又为迪拜这个仅占阿联酋国土面积5.8%的城市吸附了阿联酋国内40%多的人口数量，这些人口因城市虹吸效应而来，而后又生机勃勃、忙忙碌碌地创造着迪拜更为奇妙的明天。

相比阿联酋的其他酋长国，迪拜更早在七八年前就开始准备从能源城市向高端服务业为主的城市产业结构转型，并通过城市房地产开发，以及使用好自身地理的中转优势，大力发展总口、转口贸易和钱庄。迪拜在这样一套城市发展的组合拳下，终将自己打造成了世界上最贵与最富的集散地。另一方面，迪拜政府通过关税调解，以境内消费仅收取5%的消费税，成功地吸引到了来自世界各地的商品在迪拜玩转起来。

与此同时，迪拜也在与世界贸易中寻找发挥自己能力的机会。历史上，中东地区没有自主发生和进行近代工业化革命，而且原本古老的交易商品也远远无法满足近代化社会的需求。但是，迪拜的城市发展逻辑是立足于环境改善和对世界商路的开辟，并采取开放性营商政策以及有效打开了区域酋长国之间的产业分工，再以利益分段模式进行协同发展。这些都拓宽了我对于城市发展路径的认知和地区间产业联合、协作分工方面的思考。如果不是亲身来到这里，我是难以体会这其中的奥秘的。

这一次的迪拜之旅，除了颠覆我对阿拉伯地区的种种模糊印象，和刷新了对城市发展高阶状态的认知，我们还去往了阿布扎比酋长国，参观了不少当地著名的建筑和大清真寺。通过实地感受和回顾已走过的多个亚洲国家，我不难发现，亚洲不仅是地球人口最多的地区，还是人类最为丰富的精神文化摇篮；世界的四大文化圈中，有三个文化就诞生并存续于亚洲地区。如今，我脚下的阿联酋土地，已属于亚洲的西端，在世界四大文化圈中，它处于西亚北非文化圈。同时，这个文化圈的典型特征是以伊斯兰教为核心，在历史的长河中不断地向东、向西进行着版图扩张，也曾缔造过横跨欧亚非的倭马亚王朝，并在历史与文化的碰撞中，促进了生机勃勃的亚洲发展。当跨过了迪拜所在的西亚北非文化圈，我即将继续向着世界第四个文化圈——以基督教为核心的欧洲文化圈进发，去体验和见证工业革命为那片土地带来的城市发展中兴，以及了解和品读欧洲浪漫的文艺。

第 二 章

品读欧洲文艺

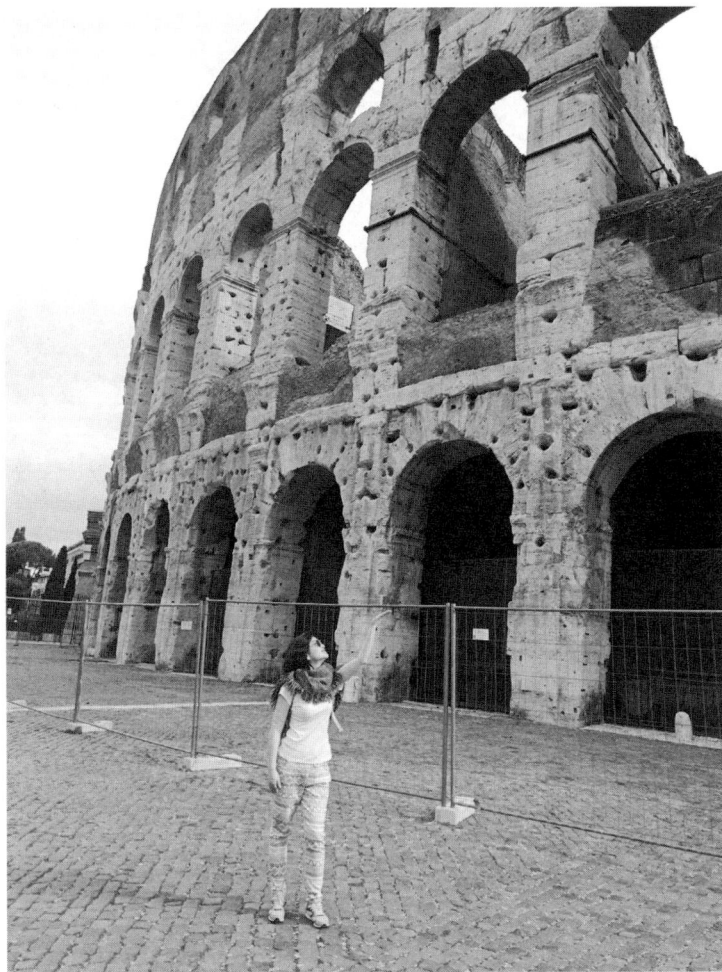

情动罗马的昨天

　　一年的9月，深圳还是夏天，仲夏夜晚的凉风已吹走了炙热午后的焦虑，橙色的黄昏相拥着薄荷色的黎明。对四季分明没什么要求的我，一向认为深圳的四季相比儿时生长的西部，更加柔和与温润。就像深圳冬天的盛大，是有所克制的，唯夏天的自然才会倾其所有。结合古人称"夏，乃万物并秀，物至此时，皆假大也"，我发现深圳虽也是春天万树吐绿，秋天绿树成荫，冬天树叶都不会枯黄，但唯有夏天，才是万物生长最快、也最丰盛的季节，就像一座城市满满的生机，都积蓄和绽放在了近8个月的夏天里。

　　相比我儿时生长的西部，往往只有3个月的夏天时长而言，可谓是一种补偿。它补偿了我儿时嬉戏、玩耍总也过不够的夏天，以及没多久裙子就要被母亲收起来了的怅然；也补偿了我少年时，盼望夏天里少年的肩担起草长莺飞和清风明月，女孩儿们的裙摆能够撑起轻盈与温柔。也许就是对夏天的烂漫热爱，成为我定居深圳的动因。同时，这座城虽然暑热持久，但丝毫没有消弭自我激励和勇于奋斗的深圳人。这是一座拥有最旺盛活力的城市，是一片青春奔放与夏日激情对碰的热土。在这样氛围下的人生，有奋斗、有精彩，还有成功与突破，它的活力四射的仲夏风情，鼓励着我去实现一场憧憬已久，但仍未成行的赏读欧洲文艺之旅。

早在少年时期观看电影《罗马假日》时，我就憧憬欧洲文艺。我曾为女主人公短暂忘却身份的美好邂逅，以及奇遇罗马城市文化和一场突如其来的爱情而十分欣喜。电影中的黑白胶片平添了罗马城古老、浪漫的文化气息，这股气息厚重又充满了魅力，深深地吸引了我。与此同时，从小生长在西部的我，在学习世界历史文化时期，曾以为秦汉帝国是中华大地的第一帝国，而罗马帝国则是欧洲的第一帝国，而我们的古人则称它为"大秦"，所以我也十分好奇自己熟悉的长安与陌生的罗马，作为当时世界上的重要权力核心，会有着怎样的异同点。于是，我将憧憬已久的欧洲文艺之旅，重点放在了法意两国之上，并计划旅行途中经过瑞士、奥地利和摩纳哥。如此，我们既可以前往罗马和巴黎两大欧洲的文化中心，去品读欧洲历史和经济，还可以深入领略佛罗伦萨和凡尔赛这两处欧洲文艺复兴的中心，进入欧洲文明的重要培育园地。

此外，我们还准备打卡斗兽场、凯旋门、卢浮宫、巴黎铁塔、圣母院等一众欧洲的文化名胜，期待尽情徜徉在欧洲建筑、文化、艺术与人文的浪漫氛围之中。这就像饕中高手对汤品的挚爱一样，这些旅行计划之中的每一处名胜，于我而言都充满了魔力，它们是我身未动、心已远的行动原因。

终于，我们经过了13个小时的漫长飞行，跨过了太平洋、印度洋、地中海，经遥遥几万里来到了罗马城。这一次飞行除了距离遥远之外，线路还是很经典的，它让我年少时曾在世界地图上看到的一众标记，终于鲜活了起来。只是这一路，我兴奋地观察着环境和悬窗外，不肯入睡，所以身体在下飞机时，已是疲惫不堪，我很钦佩身边外贸行业的企业家，我想他们身上的"世界人"标签，估计都是在时差与疲累的相互作用下练就的。如此，虽然我们刚到罗马，但我的眼睛在白天里也开始变小、再变小，直到变成了一条缝。于是，在第一天的行程之中，只要稍有安定的片刻机会，我便可以昏昏地睡去，虽然内心很挣扎，挣扎在对罗马城的渴望，与无法遣走的困意之间来回揪扯。直到中午短暂的休憩之后，精力终于纾解了过来，那份想要亲近罗马的情绪也随着眼前的景物变换，开始活跃起来。

我们走上罗马街头，我发现它并不是一座崭新的城市，而是遍布岁月的痕迹与刻画，处处透着陈年如酒气息的一座古城。如果说，罗马是一座骨子里有馨香的城市，那么这股香气中一定混合了历史、政治的变迁，权力的更迭，以及文艺的挥洒和多元的文化。另一方面，当我真的走在"条条大路通罗马"和"罗马不是一天建成"的这座知名城市之中时，我才能体会罗马之于世界的意义，它的确古老而厚重，是一座从古到今都颇具代表性的世界级城市。同时，对于体验这种量级的城市，我的经验是步行才是最好的方式，可以亲身感受头顶城市日光的温度，脚下城市的方砖与身旁可触摸的街巷墙壁，以及眼前秀丽的城市树木。它们都充满了来自岁月与文化浸染的真实感，我也能更近地听见它们悄然、无声的历史述说。

为了更好地了解罗马帝国的光辉历史，我们第一站参观便前往了著名的君士坦丁凯旋门。顾名思义，这类用于纪念国家军队战争胜利的建筑，象征着罗马帝国征服和保卫的意义，是征战与疆土获有的成就感的体现，还鞭策着罗马帝国不断扩张和巩固发展。正如我眼前的这一座凯旋门，除了巨大的尺寸构成高耸的空间，还以简洁的外形传递了庄严和雄伟的权威感。我们流连在这座君士坦丁凯旋门周围，端详着建筑体上君士坦丁大帝的生平事迹和一幅幅战斗场景的浮雕。这座始建于公元4世纪初期的凯旋门，铭记了君士坦丁大帝征服强敌、统一罗马帝国的历史功勋，浮雕中一个个出征、胜利、和平与抵抗的场景，既是国家元首和将领的生平大事记，也是罗马帝国的很多个昨天。

此外，这种含有战争胜利纪念，带有浓厚罗马帝国文艺风格的建筑，还发展出了国际性。相比罗马城市之中的三座凯旋门，我们之后将前往的巴黎雄狮凯旋门更负盛名，那是由拿破仑主持修建，纪念奥斯特里茨战役胜利的法国四大代表建筑之一。与此同时，世界上的六座著名凯旋门，其中四座在欧洲，还有两座发展到了亚洲，分别在朝鲜和老挝两国。其实，纵观各国的凯旋门建筑造型，不难发现它们都是以罗马凯旋门作为设计底板，再融入各国的建筑特色和艺术风格，比如老挝的万象凯旋门，不仅替换了欧式建筑线条，还在凯旋门顶部融入了佛龛的造型，兼具东方文化的神韵美。由此也不难看出，在世界文明的朋友圈中，文艺交流与借鉴是一种流动性和再创性的魅力。

之后，我们沿着罗马帝国战争的文化线索，步行的第二站设定在罗马斗兽场。我们边走边聊的一路上，我的脑海中还不时闪现了电影《角斗士》中血腥的竞技场面。不知道接下来即将看到的斗兽场内，是否还飘散着罗马帝国战士追求和平与生存的悲壮嘶吼。然而，出乎意料的是，此时我眼前的斗兽场，已是一座黄色夯土结构的环形墙体残垣建筑了，它虽然高高耸立，但残破的墙壁和孔洞标记了战争击打的痕迹，这是以往看图片和如今亲身前往的差别体验。当我们环走在斗兽场的外围，我观察着这些孔洞细节，倾听着罗马帝国的岁月、战争和烈火的述说。据说，这座为庆祝罗马帝国战争胜利而建造的历史建筑已有近两千年了，它曾在建成时，举办过百天的盛大礼赞，并以九千只牲畜的献祭来庆祝，但最终成了罗马帝国权贵们的游戏场，还在残酷的角斗中，因血腥、嘶吼而颤抖。

之后，我们进入了斗兽场内部，并刚好遇到一组文化交流的学者似乎在密集地沟通信息，我坐在斗兽场空荡荡的环形看台上，眼前似乎又飘动着电影《角斗士》中马克西姆的脸，耳边似乎回荡着角斗士的长杆迟钝的撞击声，以及每局开场前拖拉战士的沉重铁链声。我抬起头，看着这座充满罗马帝国的历史光辉，又包含了血腥气息的古罗马建筑，心中想起了一段预言神父的话："几时有了斗兽场便几时有了罗马，斗兽场倒塌之时，也是罗马覆灭时。"虽然，事过境迁，但近两千年后的今天，我身处斗兽场之中，还依稀能感受到这里凝结着战俘、奴隶与动物们的哀怒。他们的流血、牺牲将人类野蛮的快乐，牢牢地钉在了人性的耻辱柱上。

就在这样的一天之中，我们走过了凯旋门与斗兽场，我也像是一天之中，看到了罗马帝国如硬币的两个面。虽然，罗马帝国原本是依靠罗马公民的自豪感支撑起大一统局面，就像我们参观的君士坦丁凯旋门，君士坦丁大帝也曾在罗马帝国分裂为多地共治之后，再一统了罗马帝国。但是，不断遭到外部蛮族的入侵，以及内部罗马人公民意识的不断沦丧，才是罗马帝国衰败的重要原因。

一天走过罗马两处重要历史坐标之后，大家匆忙赶回酒店，一整夜的深层睡眠让我在第二天清晨再次满血复活。带着旺盛的好奇心和充沛的精力，我享受着清晨醒来的第一缕意大利阳光。我透过酒店的玻璃窗，看着罗马城市上空灰蒙蒙的空气中一轮温暖的太阳，此时的它带着很大的光晕，散淡地挂在天上，此情此景不禁让我想起它就是帕瓦罗蒂高亢的嗓音中，无限歌颂的那颗《我的太阳》。而后，我打开手机中的播放软件，惬意地听着这首曲子。我们简单地用过了早餐，便计划赶在大批游客之前，到达当天的既定游览目的地万神殿。这是一座享誉世界的著名无梁穹顶式建筑，一直都是人类建筑历史上的一大奇迹。如今，即将目睹它的风采，内心颇为激动，特别是当我对比了秦汉帝国与罗马帝国的都城布局之后，发现原来长安古城是以宫廷为城市中心的布局特点，而罗马古城则是前期以元老院，后期以神的殿堂为中心的城市布局，心中又不免多出了几分关于东西方帝国城市发展的思考意趣。

随后，当我们走进这座罗马帝国的中心，看到万神殿的内部空间时，我便亲身验证了偌大的神殿内，竟没有采用一根柱子与横梁做支撑的建筑奇事。再当我举目望向大殿正上方的穹顶部位时，便发现神殿顶部的确有着一个直径为9米的圆形结构孔洞；这样的建筑设计构思，既能让阳光透洒进神殿之内，也成就了太阳按照一天运行轨迹以不同照射斜率投射在殿内墙壁上的不同位置，从而成为神殿标记一天中不同时刻的计时器。此外，万神殿的穹顶圆孔还在完成了自然采光和天然计时的功能之外，有效地形成了建筑内外的气压差，于是即便雨天，雨水也无法通过穹顶圆孔落入万神殿内。不得不说，2000多年前的古罗马人对几何学、建筑学的驾驭，堪称为上帝吻过的思考。

参观与游览到此，我已深深地叹服。然而，万神殿除了伟大建筑设计构思之外，它的施工建造也是成功的关键。翻查相关资料，我发现原来那个时期的古罗马人，就已经掌握了以浮石和自己制造的混凝土结合，制作一种轻质耐用建筑材料的技术了。同时，他们还采用了从穹顶上部向下浇筑到万神殿建筑壳体内的施工技术，从而形成了如今我们眼前"上薄下厚"的穹顶造型，这在结构力学方面，也是一项颇有心思与技巧的建筑实践。虽然，这种技术与今天我们常用的建筑模具和混凝土浇筑的施工方法，如出一辙；但是万神殿诞生于2000多年前，从目前大殿的建筑质量以及历经2000多年仍在使用的状态来看，我不得不对古罗马人的智慧与技艺叹为观止了。

另一方面，有关万神殿的起名也包含着古罗马人深厚的神学思想，我理解这是一种由希腊文化继承并发扬而来的宇宙思考。其中，古罗马人相信万神殿暗含了心中宇宙的意义，也是他们最早与神灵相通的殿宇，其中供奉着古罗马人全部的神，所以名副其实，得名万神殿。后来，随着罗马帝国历史、政治与文化的不断发展，万神殿逐渐成了一处天主教堂，就在我们参观的当时，身边也有不少天主教徒来此参加活动。万神殿作为世界著名建筑，它在建筑学者与爱好者心中，始终是一座丰碑，其43米直径跨度的穹顶，是人类在19世纪之前，都无可匹敌的。带着对古罗马人极高的建筑造诣的崇敬感，我们走出万神殿，我看着殿外广场上矗立的方尖碑，以及碑上以罗马文刻写了万神殿的全部建造历史，似乎能听到2000年前，古罗马人的精神世界，他们用极高的智慧述说着对宇宙、世界的认知。

此外，在几天提纲挈领地品读罗马文化、艺术的成就的行走之中，我们还游览了罗马的许愿池特莱维喷泉。那是一池蓝绿色的池水，美丽的色彩足以让人赏心悦目，而喷泉主体部位的白色大理石的海神雕像，更是栩栩如生。就是这样一处古罗马人将贞女泉引进入罗马城水道的终点位置，已成为抛一枚硬币、许三个愿望的国际旅行人气打卡地。还有浪漫的西班牙广场，我们也坐在广场的台阶上，吃着地道的意式冰激凌，回想电影《罗马假日》中，女主人公的俏皮与幸福模样。随后，我们还在夜晚夜行，前往了科斯美汀圣母教堂墙壁上的真理之口，尝试了说谎的人手会被咬断的古罗马"测谎仪"。每当我们穿过罗马热情而炽烈的街道与小巷，或者是上坡、下坡的弯曲道路时，我都能探索出不少有意思的地方和透着文艺风格的小店。我们会坐在午后街边的咖啡馆里，来上一杯古老的意大利咖啡，它就像意大利独特的水泥窖藏红酒一样，有着意式独特的纯正和浓烈，也以此体验着罗马人不算快节奏的生活，以及这座叫做罗马城的都市闲情。

　　由于假期时长有限，对于意大利的游览，我们还是紧扣了罗马帝国的历史沿革，走向了它另一个至关重要的文化发展现象，即罗马帝国的天主教信仰运动。据悉，目前在意大利有90%的国民信仰天主教，同时约占世界六分之一的人口是天主教徒。于是随后，我们以一天的时间前往了梵蒂冈的圣彼得大教堂，游览这座号称世界上最大的天主教堂，品读了它庄严、恢宏的宗教建筑和掌管罗马教廷权威的多位教皇的水晶棺遗体；以及作为世界天主教的中心，它曾拥有的欧洲神权与政权结合的崇高历史地位，和众多来自世界各地的宗教礼物。在此期间，我还真的找到了有关中学时期在历史课本上看到的历史事件的物品，即英国因脱离天主教会进行宗教改革时，收到的来自罗马教廷的诅咒。那是位于圣彼得大教堂一层展品陈列区之中，一只展翅的飞鹰腾空跃起覆盖了地球仪，同时鹰爪踩在了地球仪英国版图上的雕塑，据说这是罗马教皇寓意天主教统治全球，但唯独不祝福英国。

与此同时，引发我对圣彼得大教堂关注的，还在于它所在的梵蒂冈城国，这处位于罗马西北高地的、由罗马天主教会教皇和教廷统辖的独立主权国家，可谓是名副其实的城中国。作为一个仅有800多人的国家，因世界天主教中心的殊荣，每年接受到来自世界各地教徒的捐赠，足以令其国库充盈，并享受取之不尽、用之不竭的富有。我想，这恐怕是世界上最为特殊且独一无二的政府财政收入方式。然而，相比富有性，它的信仰和历史上的特殊性才是其真实情况。

结合罗马帝国历史，不难看出公元3世纪的罗马帝国面临着内部奴隶暴动和外部蛮族的不断侵袭，危机带来了当时元老院的内外交困。同时，由于罗马人的公民意识沦丧，更多民众倾向有超人能力的上帝，或者渴望像东方一样的独裁君主。于是出于统治需要，罗马帝国确立了安民止戈的世俗性宗教——天主教的合法性，这是一个罗马帝国从远古希腊的诸神崇拜，走到不同精神信仰阶段的重要标志。而后公元4世纪，罗马城主教利用西罗马帝国衰亡时机，大肆趁机掠夺土地，以及公元6世纪，获取了罗马城的实际统治权和建造了眼前的圣彼得大教堂。之后公元8世纪，法兰克国王"丕平献土"的举动，终于形成了这个在意大利中部地区以教皇为君主，以罗马为首都的教皇国。此外，在随后欧洲的千余年历史长河中，教皇们通过对欧洲各国君主"君权神授"的约束，不断扩大着政治、信仰的影响力。直到1929年，意大利宣布天主教为国教，以及梵蒂冈为独立主权的国家。而今，梵蒂冈已与世界上100多个国家地区互换了外交使节，并在世界范围内设有60多所大学，享有2000多个天主教会高级职位的任命权，同时也承担着举办重大宗教活动的责任。我们前往圣彼得堡大教堂参观的当天下午，刚好赶上了一场纪念特蕾莎修女的宗教活动。巨幅的特蕾莎修女的画像高高地悬挂在教堂的外墙上，教堂内多是熙熙攘攘、前来参加此次团契活动的教徒们。我们在旁观察与体会，我能感受到活动现场的庄严与肃穆，也沉浸在教徒间团结与祥和的氛围中。整场纪念活动的最后环节是领圣餐，每位教徒以食用白色的薄饼来象征分享主的身体，以饮用红色的葡萄汁来象征分享主的宝血。据说，这种领圣餐的宗教仪式历史悠久，它是天主教、基督教坚固教徒与主同在的一种盟誓活动。

当我们走出圣彼得大教堂时，我在思考不少世界战争也是因教会而起的，似乎信仰一旦成为权柄被宗教操纵，就可能出现人为的偏差。例如在中世纪的欧洲，教会曾以教义禁锢人们思想，致使整个欧洲出现了除传教士外，文盲遍地的情况。此外，当教会和政权联合抢夺劳动人民财富时，欧洲也曾爆发过打着教会的旗号进行的宗教战争，其间还包括向不同信仰地区发动的侵略战争。不得不说，曾历时两百年之久的"十字军东征"，就是欧洲封建领主鼓吹不能买到赎罪券的民众，告诉他们最简单方式就是到东方去，毁灭抢夺了圣城的敌人，从而导致欧洲一个历史时期内群体极化的宗教狂热与痴迷。所以，我认为信仰与宗教外壳往往是两回事，信仰作为一个地区或一种、几种文化的精神高度代表和凝练，有着各自的起源、发展和仪式，也融入、外化到建筑、生活、服饰等各个方面。而纵观2000多年的历史尘嚣，宗教作为一种特殊的社会意识形态和文化现象，与人类利益休戚相关。

回顾罗马之行，我认为它是一场有历史、有风情、有血有泪、有残酷、也有闲情的文化之旅。虽然，我眼前看到的这座罗马城，仅仅是罗马昨天的一个片段，目前世界上保存最完整的罗马风格古城在土耳其的以弗所；但是，就是这样的罗马和罗马的昨天，也像一部厚重又略带灰尘的大部头书籍，只要你轻轻拍打，就能品读到不少历史的烟尘。在罗马帝国近1500年的社会、政治、文化缩影之中，我能看到欧洲文化的丰富感与真实性，从而充满了惊喜与获得感。在此，也借由此章节，将罗马推荐给所有热爱历史和文艺的朋友们。

佛罗伦萨——诗意地栖居

    结束了罗马之行，我们经过了漫长的车行，前往欧洲文艺复兴之都的佛罗伦萨。相比罗马城的厚重，想起佛罗伦萨的文艺，心情也随之放松。一路车行颠簸，身体疲乏如期而至，但当车辆缓缓驶入佛罗伦萨时，眼前一派清新景象映入眼帘。我的眼目所及，无论是街头小店，还是白色格栅装饰的橱窗都颇显清新盎然。同时，橱窗里一捧色彩饱和度很高的红玫瑰，洋溢着新鲜水果一般娇艳、鲜嫩的美感，与生俱来的生命活力与张力令人振奋。相比平日所见，不知是因为红玫瑰是量产、通用的花材，还是长途运输或花朵离开根茎时间过久，总之色彩暗淡，没有眼前这般生机盎然。由此看来，产地效应不可小觑，原产于亚欧干燥地区的红玫瑰盛放在意大利全境，就连建筑装饰常用的一种意大利进口石材，也叫作"意大利玫瑰"。

    来到佛罗伦萨，是因远在欧洲的好朋友推荐它作为旅行中不可缺少的一站。虽然，它只是一个仅有40万人口的小城镇，

但蜚声世界。据说，周杰伦夫妇最喜欢的度假地也是这里。此外，佛罗伦萨还是徐志摩口中的翡冷翠，其在意大利语中是"鲜花之城"的含义。所以，我也开始猜想，佛罗伦萨的文艺气息会不会也是浪漫、热烈，清新又迸发生机的。出国前听说佛罗伦萨的华人将这里称为"佛村"，各种有关"佛村"的传说中，佛罗伦萨是一处洋溢着生活美学的胜地。

走在佛罗伦萨的街头，我体会它因托斯卡纳地区特有的坡地高差，以及历史悠久、尺度狭窄的老街道，虽古老但并不陈旧，随处可见粉色、紫色、白色相间的铃铛花，它们在靓丽地装饰墙面的同时，还散发着自然的香气。此外，街道两边的房屋都刷着灵动的颜色，有活泼、稚嫩的粉色，有神秘的紫色，还有幽深、安静的深蓝色。大胆、跳脱的城市幻彩将佛罗伦萨的自由感放大到淋漓尽致。随后，随着了解的不断深入，我发现街道房屋的阳台面积都不大，但所有功能都不及种满花草优先，这就像约定俗成一般，将生活美学落地成了原生态。另一方面，街道房屋的内部格局与我们的十分相似，一层开店经营，二层用来居家日常。但与我们又不同的是，佛罗伦萨的店铺多以经营精致时装、考究饰品和各种工艺品为主，生活配套不在其列。同时，每件商品似乎都在力争原创，追求单品概念，不得不说，这也是自发、自觉保持文艺延续性，将一点一滴的美感注入了商品。

我们自然也不可错过这样的艺术小店，还欣喜地挑选到一件胸针饰品。这是以宝石与铜片共同打造的小工艺品，其中碧绿色的宝石完成了胸针造型中的王冠，铜片则用以打造王冠下的假面面具。我十分好奇如此精巧的面具和脸部弧度塑造是如何完成的，不由得感慨佛罗伦萨匠人们的匠心。同时，也发觉假面造型的胸针背后，还有一段饶有意思的历史轶事。实际上，假面在欧洲最早可以追溯到公元1世纪，它是经罗马人结合凯尔特人的祭祀仪式，创新出的一种纪念与庆祝的形式，而它的独特性，正是来自凯尔特人。相传，凯尔特人认为夏天真正结束、同时是新年伊始的这一天中，部落亡魂会回到居住地，在活人身上寻找生灵。于是，凯尔特人以"烧活人、祭死人"的方式来告慰亡魂。后来，因为罗马帝国的统治，罗马人废止了这种野蛮的祭祀形式，便改由假面面具装扮妖魔鬼怪吓走亡魂。再之后，随着欧洲宫廷娱乐和上流社会的社交需要，假面舞会迭代成高雅且乐趣无穷，形式别致又新鲜、刺激的社交活动。就像那句经典的歌词中："我戴着面纱和镶着假钻的头缀，参加了这场期待已久的化妆舞会，我知道这将是我唯一的机会，与你熟悉却又陌生地相对，你终于温柔地走向我，赶走了灰姑娘的自卑。"于是，假面舞会也被誉为陌生人间的一场完美邂逅。

从小小的胸针到神秘的假面舞会，佛罗伦萨是充满欧洲文化线索的宝地，它是一座因艺术而中兴的城市，也是一方始终为艺术而存在的场域。这种艺术气息可以说是无所不在，就像参观圣母百花圣殿时，我由衷而发的感慨那样，对比之前梵蒂冈圣彼得大教堂，我眼前的圣母百花圣殿历史更悠久一些。据说，米开朗琪罗正是参考圣母百花圣殿建造的圣保罗大教堂，但也不无遗憾地说过，圣保罗大教堂可以建的比它大，但不可能比它美。是的，纵观世界五大教堂，圣母百花圣殿的确殊胜在它超凡脱俗的美。这座圣殿的外观，运用了橙红色、绿色和乳白色大理石装饰立面，在色彩选择上既展示了欧洲文艺复兴时期对女性优雅、高贵气质的尊崇，也毫不迟疑地在拉近观者与它的心理距离。此外，圣殿上部的圆顶还是仿造罗马万神殿而设计的，号称古典艺术与当时科学完美的结合，虽然它作为圣殿最晚完成的部分，但极富标志性，令人过目不忘。

整个上午，我都环绕着圣母百花圣殿，一边拍摄它的建筑细节，一边在广场上与白色鸽群互动，一派柔美的情景让人不想离开。此外，圣母百花圣殿的西边还有两处著名的建筑，分别是乔托钟楼和圣乔万尼洗礼堂，同时这三座建筑又合称为"佛罗伦萨大教堂"或"花的圣母寺"。其中，圣乔万尼洗礼堂是一处白色八角形罗曼式建筑，据说年代悠久，佛罗伦萨的孩童都是在这里受洗。另外，洗礼堂的亮点还在于刻有《旧约》青铜浮雕的铜制大门，仔细观察浮雕中的人物、建筑和树木，都采用了欧洲中世纪的宗教风格，并被称为"天国之门"。而著名的乔托钟楼是由欧洲文艺复兴时期的大壁画家乔托所作，眼前这座高85米、细长的方塔式建筑，代表了13世纪佛罗伦萨商业贵族群体崛起后，对自身身份的确立和对城市投入的历史意义。因为钟楼的高度，我几乎仰躺在地上才能完成它的全像拍摄，这虽然是一个极不舒适的拍摄姿势，但意外地发现拍摄的背景是佛罗伦萨的蓝天和星点散布的白云，视觉上的美感足以令人心情愉悦。

走过了佛罗伦萨大教堂，我们便出发前往乌菲兹艺术馆、维奇奥王宫和圣十字广场，它们都是这个城市中深具代表性的艺术所在地。我们首先来到了维奇奥王宫外的西纽利亚广场，这里人流如织，是佛罗伦萨最繁华的广场。广场上的维奇奥王宫是建于公元13世纪的一座碉堡式宫殿，原是佛罗伦萨美第奇家族的私产，如今作为政府市政厅仍在发挥它的作用。这座王宫的壮观是可以凭借二楼大厅可同时容纳五百人的会议而想见的。目前，王宫的入口处标有狮子守卫百合花的城市徽章，王宫的顶部钟楼也沿袭了告知民众起火、洪水、敌人来袭的预警示意功能。广场上一尊高大的骑马雕像，就是美第奇家族号称

"祖国之父"的柯西莫的雕像。

提到佛罗伦萨的美第奇家族，不得不说他们是欧洲文艺复兴的推动者，作为佛罗伦萨文艺复兴时期的艺术保护、资助人，他们曾吸引大批欧洲艺术家前来佛罗伦萨，一时间小城因艺术氛围而熠熠发光，同时又催生了艺术家于此创作出更多饱含时代光芒的建筑、雕塑和绘画作品。其中，拉斐尔、米开朗琪罗、乔托、但丁都是代表性人物。此外，美第奇家族为佛罗伦萨作为欧洲艺术复兴中心的高光时间延续了300年，直到1737年美第奇家族的最后一位统治者逝世才宣告结束。通过追溯佛罗伦萨城市发展历史，我认为这一段也是它最光辉的时段。

我们再向王宫的左侧走去，便来到了一处海神喷泉。我回想两天前在罗马所见的四河喷泉，对比着它们的艺术风格。首先，四河喷泉是罗马教皇宫廷前的一处喷水池，为了象征天主教的权威，以及征服多瑙河、恒河、尼罗河、德拉普拉达河的功绩，所以不管是方尖碑，还是雕塑都采用了巴洛克风格。然而，我眼前的这处海神喷泉是在欧洲文艺复兴时期，在古典文艺的基础上，以清新脱俗和简化的手法打开了新的思想方向。于此，我也发现实地参观罗马式、拜占庭式、哥特式、文艺复兴式、巴洛克、洛可可式建筑的异同，就如同鉴赏欧洲建筑大观园中的一颗颗宝石，一步步将我带入盛大而美好的新知识领域。

之后，我们沿着西纽利亚广场的左侧，向王宫入口走去，便见到了一尊米开朗琪罗的《大卫》雕像仿制品。它虽然不是真迹，但刻画得栩栩如生。众所周知，《大卫》雕像是人物裸体艺术的作品，也是欧洲文艺复兴时期的一大特点。究其历史不难发现，当时的欧洲正处在中世纪的神权统治之下，所以为了解放思想、尊重人权，欧洲文艺复兴复兴的正是古希腊与古罗马文艺。与此同时，古希腊人崇尚人的身体是纯洁、真诚、善良的象征，也是世界上最神圣的存在，他们通过绘画与雕塑，充分地展现人体美。而此后的古罗马文艺，也正是承袭了古希腊文明，所以在欧洲文艺复兴时期，聚焦表现"人的力量与美"的观念时，人物裸体艺术就成为创作的一大发力点。有关人体艺术的启蒙于我儿时，是因家姐学习艺术，需要临摹人体石膏雕像。到目前，我还依稀记得其中一尊剥皮人面部雕像以及这尊《大卫》人体雕像，都是当时美院专业课必考的试题。看来曾经的认知启蒙，如今还帮助我加深了对欧洲文艺复兴的理解。

我们走在西纽利亚广场上，就像穿梭于古希腊、古罗马与现代文艺之间的时光切换。接下来位于王宫的右侧，有一处三连圆拱的高台式建筑叫作佣兵凉廊，那里也有很多艺术家的多个雕塑作品。其中著名的《赫拉克勒斯与半人马》《珀尔修斯与美杜莎的首级》，就是取自古希腊神话故事题材，赫拉克勒斯是古希腊神话中的大力士，雕塑的造型表现的是他为保护妻子与半人马打斗的场景，这件作品也是欧洲闪耀人文主义光辉的代表性作品。此外，珀尔修斯和美杜莎则是取自一个曲折的古希腊神话故事，珀尔修斯为了完成任务而斩下了蛇发女妖美杜莎的首级，并将其首级镶嵌在雅典娜的神盾上。仔细感受这个故事，不难发现古希腊神话中既有神性的特点，也强调人神一体，神具人性的特性，而这些都不失为当时文艺复兴时期解放思想的指向与坐标。

来到佛罗伦萨，我像掉进了欧洲文化艺术的海洋，几天的游览既是一场思想与视觉的盛宴，也是一堂生动的欧洲文艺大课，我们在游览中不断学习和成长。其中，令我印象深刻的还有圣十字广场，它是罗马天主教法兰西斯派在佛罗伦萨的主要教堂。这座圣殿不论是哥特式的建筑外观，还是圣殿中安葬着米开朗琪罗、伽利略、马可尼等杰出的意大利人，都自带了参观流量。我对圣殿之外的圣十字广场古朴的灰色地面有所关注，据悉法兰西斯教派也被称作"灰衣教士"，同时圣殿入口处的一尊诗人但丁的雕像，也给了我之后思绪飘飞的能量。之后，我们走出圣殿，在广场边的露天咖啡小坐。此时，正是佛罗伦萨的正午时分，干燥的空气在我眼前出现了跳动的波浪，我一边品尝着意式咖啡和香甜、松软的松饼，一边思绪飘飞、出离现实，在自己的脑海中复刻着历史中这里可能出现的场景。我似乎看到广场上马车车驾往来，有扬鞭驾车的仆从，以及车内的贵族小姐。广场上的但丁雕像旁，一位正在发表演说的佛罗伦萨新纺织行业的商人，吸引了不少身着西装、头戴圆形礼帽的同业者驻足倾听。当然，广场上还有那些只在风和日丽的天气才出门、午后撑着阳伞、穿着蓬蓬裙的漂亮新贵族女

士们，她们慢慢地游走，享受着日光。只是，不知道她们是否也如我这般饮酌着咖啡，脑海中浮现广场上曾有的历史变迁。

佛罗伦萨，是一个值得一去再去的地方。这是我回首几天佛罗伦萨行程之后的强烈感受。它虽然是一座小城，但饱含了欧洲历史、文化的诸多故事线索。同时，这座故事小城既恬静、幽雅，又洋溢着浪漫、清纯的气息。就在我们不得不继续前行，离开佛罗伦萨时，我特意爬上了小城的最高处，一览它绿树随风中一片片橘红色的屋顶。佛罗伦萨，就像是一片未被的高楼大厦与现代工业文明所累的玫瑰园，如果再次成行欧洲，我愿意直接飞赴这里，在品读欧洲文艺中度过所有的假期时光。

行游世界艺术的宽度

踏入法国的那一天，我感到欧洲又向我打开了一扇绚丽的大门，这个历史丰富、情感浪漫、文化灿烂的国家，堪称欧洲历史的主要发展线索。从公元4世纪初，法兰克人在罗马帝国的默许下，进入了高卢东北地区定居，实际上就是身体力行见证了罗马帝国的分裂与衰落。之后，从法国的墨洛温王朝定都巴黎，到加洛林王朝南征北战统一了法兰克，并建立横跨中西欧、庞大的查理曼帝国，是法国在欧洲大陆的首次崛起。其中，我之前提到的加洛林王朝的"丕平献土"，也为之后的梵蒂冈立国打下了基础。此后，法国卡佩王朝在欧洲"十字军东征"中的法国骑士团，百年普法战争中的民族英雄圣女贞德，以及波旁王朝的路易十四都是享誉欧洲的历史代表人物。还有，后来多次打败反法同盟，终结了罗马帝国，并建立法兰西第一帝国的拿破仑，也曾实现了法国在欧洲大陆上再无敌手的局面。其中，我之前提到的巴黎雄狮凯旋门所纪念的奥斯特里茨战役，正是拿破仑领导下的决定性战争。所以，法国一直是欧洲这片纷争大陆上的历史、政治主角。

其次，因为受到意大利文艺复兴的影响，法国在文艺复兴时期，逐渐发展出了枫丹白露画派，并初显法式优雅的端倪。在随后的艺术发展进程中，优雅、妩媚、精致便成为法国文艺的代名词，不仅享誉世界，还深受世界女性的追捧和喜爱。法式优雅的情怀，可以是让人思维奔逸、口若悬河、妙语连珠的咖啡文化，还可以是巴黎街头优雅、平静的都市闲情，还可以是引领世界潮流的时装、手袋等奢侈品，更可能是奢华的屋内装饰与高浮雕作品。其中，开始于19世纪法国浪漫主义时期的女士束腰、精致大圆帽、溜肩的服饰特点，复现了法国宫廷经典的高贵感和女性美。此外，在家居装饰市场上，法兰西第一帝国时期的塞弗尔帝王蓝大花瓶，Art Deco风格的枝形吊灯，与法兰西第二帝国时期的青铜雕塑，还有那些闪耀新古典主义的缟玛瑙、祖母绿、蓝宝石等色彩，都是现代房地产高端样板间最具魅力的风格选择。此行法国，我想应还有看不尽的壁画，例如源自法国洛可可流派的宫廷装饰画、挂毯艺术品，它们将为我讲述法国人对奢华的理解和向往。

于此，结合以上两个方面，我不难看出高傲与浪漫，或许就是法国文艺的特点，而这一文艺特点的集大成者，正是我们脚下已经达到的法国首都巴黎。在这座琳琅满目的欧洲文化、艺术、时尚之都中，我带着近乎迷幻和猎奇的心情，像刘姥姥跌进了大观园，并在随后的几天游览中，感到喜不自胜又美不胜收，我的眼睛在无数新奇的知识与文艺中应接不暇，内心炸裂出许多个求知欲裂口和许多求知若渴的情绪。而这一切是从参观号称世界四大博物馆之首的巴黎卢浮宫开始的。

当车辆将我们送到塞纳河畔的卢浮宫博物馆外围时，我已发现它并不像普通的博物馆那样仅有一栋单体式建筑，而是有着宽阔的广场、甬道和园林，以特殊的U字形建筑排布成的一座艺术宝库。据说，卢浮宫博物馆的诞生是因法国在对神圣罗马帝国作战时期，深受意大利文艺复兴的影响，从而将其由一座曾居住过50位法国国王和王后的王宫，改造成了如今的博物收藏功能与形态。同时，卢浮宫被誉为"人类文明发展的总索引"，收藏了人类艺术古代部分的精华，也是法国文艺复兴时期最珍贵的建筑物之一。目前，馆内的藏品数量高达40万件，拥有198个展厅，其中古希腊、古罗马艺术珍品3万件，各类藏画约15000件，东方艺术品8000件。于是，面对如此浩瀚的藏品，如果想深入藏品背后的历史和创作背景、文化知识，从时间准备上来看，三天时间较为合理，如有一周时间则相当圆满。但是，我们只预备了一天的时间。所以，不由得感到接下来的卢浮宫参观，像一件需要体力、脑力高度集中的任务。

在卢浮宫博物馆的入口处，我们看到了一尊埃及狮身人面像的仿品，这份来自古埃及文明的标识令我很快明白了卢浮宫藏品的定位，它不仅是欧洲文艺的展示，还包含了世界艺术的宽度。然而，不得不说的是，这尊狮身人面像的仿制艺术品，虽然对比多年之后我在埃及实地所见的狮身人面像真品，在质地和大小上都有天壤之别，但它浓缩、凝聚的人类精神与美感不变，同时足以吸引游人迅速进入这座艺术宝库，去探知更多人类思想与艺术创造物的兴趣。

　　根据此前所做的游览攻略，我计划以卢浮宫的"镇馆三宝"来分别展开自己的游览线索。首先，围绕"镇馆三宝"之一的《胜利女神》石雕，展开对欧洲海洋文明与艺术藏品的参观。其次，围绕"镇馆三宝"之一的《蒙娜丽莎》油画，展开对卢浮宫内大量油画作品的品读。最后，我计划围绕"镇馆三宝"之一的《米洛斯的维纳斯》雕像，打开对古希腊与古罗马文艺的理解。由于这些年来参观过了中国多地与国外的50多座博物馆，我对博物馆中的每件藏品的参观价值的认识是，它们不仅是藏品本身、工艺细节和收藏历史，还是藏品所处的历史阶段和文化特点，想要对后人传递和表达的耐人寻味的内涵。

　　我们按照既定线路，首先找到了卢浮宫主楼二层的主楼梯上方的位置，这里是《胜利女神》石雕的展放处。眼前的这尊《胜利女神》石雕，虽然形态不完整，缺少了整个头部和部分手臂，但是毫不动摇它作为卢浮宫"镇馆三宝"的地位。这尊全称为"萨莫色雷斯的胜利女神"的石雕，据说是古希腊时代的原品，其稀有程度就决定了它的珍贵性。在这尊5米高的石雕中，我们清晰可见胜利女神的上身肢体略向前倾斜，以及健壮而丰腴的躯干和展翅、欲向上飞起的雄姿。虽然，这尊石雕残缺了女神的头部与手臂部分，但其艺术表现力从现有女神腹部位置的精美雕刻，以及雄健且硕大并高高飞扬的背部羽翼细节，就可见一斑。我能清晰地感知石雕中女神的腹部轻薄的衣裙，就像是刚刚被海水打湿一样，再经风吹送、紧紧地贴在了她的身体上。同时，在风力的作用下，女神腰间的衣摆翻转，涌起宽大、激烈的褶皱，而飘动的裙袂和层层漾开的细褶，都被刻画得栩栩如生。我出神地注视着眼前的这尊《胜利女神》石雕，脑海中是一幅海风很大，并正从《胜利女神》的正面吹来，她薄薄的衣衫隐隐显露着她丰满而有弹性的身躯。同时，结合《胜利女神》石雕中的站姿设计，我能同频感受她好像刚刚到达地面，又或者是正要起飞，总之身体散发着坚毅且充满力量的美感。

想想一开始我在做游览攻略时，还很好奇为什么卢浮宫的"镇宫三宝"之中，有两件都是残缺的藏品，仅有一幅《蒙娜丽莎》油画是完好的。然而，当我亲眼所见了这尊《胜利女神》石雕之后，不禁感叹虽然历史没能保护好原品的完整度，但石雕的艺术功力是如此传奇，以至于身为现代人的我们在两千多年后，无需通过头部与手臂的刻画，便能清晰地感受到雕像传递着胜利女神凯旋的激情。

虽然，以往我们对于《胜利女神》石雕并没有像《蒙娜丽莎》油画与《米洛斯的维纳斯》雕像那样熟悉，但是它的确以非常高的艺术造诣，惊艳着每一位造访卢浮宫的参观者。此后，我们顺着大批人流的行进方向，来到了卢浮宫主楼二层的《蒙娜丽莎》油画面前。这幅油画前的方寸之地，是整座卢浮宫博物馆中唯一一处人流从早到晚无一刻闲暇的地点，同时还设置了参观间隔距离，来保护画作。我们也是来回走过了画作三四次之后，才捕捉到了一个参观人数较少的时刻，从而靠近油画、仔细观看。这幅原品油画中的蒙娜丽莎依然端庄、柔和，据悉她代表了法国资本主义上升时期的城市有产阶级妇女的形象。此外，这幅油画之所以广泛流传于世界范围，主要是因为它展现了女性深邃而高尚的思想美，并符合了欧洲文艺复兴时期对女性美的主流审美观念。所以，我可以把油画中的蒙娜丽莎的形象，理解成那个时代女性的代表样式。同时，通过对卢浮宫的大画廊之内的多幅油画作品的欣赏和对比，我逐渐能够体会欧洲古典主义绘画崇尚永恒和理性，注重形式完美和线条清晰的艺术风格了。再结合当时法国的历史背景来思考，便不难发现恬静而典雅的蒙娜丽莎之美，一改了过去宫廷流派之美的堂皇奢靡、华丽造作的腐化气息。而是以优雅乃高贵之证，打开了自信与落落大方的现代女性主义思潮，并成为现代社会对女性美的追求概括。

在欣赏了欧洲古典艺术的精华部分之后，我们再次返回了油画作品展区。其中，令我印象深刻的还是那幅代表了法兰西民族精神的油画巨作——《自由引导人民》。这也是我终于有机会近距离欣赏着画家欧仁·德拉克洛瓦的真品，这种强调主观感情和非理性的浪漫主义的画风，一直是我所喜爱的风格。这幅油画，以一场夺取法国"七月革命"胜利关键的巷战为主题，充分展现了"七月革命"的硝烟已弥漫在巴黎城市的各处。同时，在激烈的巷战战场上，画家以一位象征自由女神的女性形象为主，以她健康、有力、坚决地高举法国三色旗帜，并引导工人、小资产阶级和知识分子的革命队伍前进，来象征革命一定会取得胜利，自由终将到来的信念和勇气。

在这幅油画中，一直令我钦佩的还是画家欧仁·德拉克洛瓦将自己也融入了油画之中，他给予了自己一个头戴高礼帽、身穿燕尾服，手中紧握长枪，大声疾呼，投身战斗的人物形象。此外，这幅油画的视觉成功之处，还在于它采用顶天立地的构图方式，并在地上的战士尸体、战斗中的勇士与高举旗帜的女子之间，形成了一个稳定的三角构图，并将旗帜置于了整个画面的最高点，同时将高举旗帜的女子置于了整个画面的最前列。另一方面，画家通过对比旗帜中最强烈的红色与战争场景的灰暗色调，形成了戏剧化的效果，烘托出战争的铁血和悲壮，战斗的紧张与严肃，给人以过目不忘、震撼心灵的感染力。

随即，这幅油画也成为法兰西民族自由、奔放、浪漫情怀的代表画作，享有很高的艺术地位。此外，纵观法国1830年"七月革命"的前后一百年历史，我发现从伏尔泰、孟德斯鸠、卢梭开启的自由民主启蒙运动，到推翻君主专制政体的法国大革命，以及法兰西第一到第三共和国的建立，法兰西民族的自由、民主意志都向世界发出了不可忽视的声音。于此，通过历史与文艺的互鉴，令我更加深入地品读了法国文艺的内涵。

之后，由于参观时间有限，面对浩瀚的藏品，为了节省时间，我或以小跑或以快走的方式，迅速浏览着卢浮宫"万宝之宫"的美誉。其间，我们还参观了《米洛斯的维纳斯》雕像和多个古希腊、古罗马风格的藏品，也领略了来自中东古巴比伦王国的《汉穆拉比法典》，以及来自东方和埃及的各式珍品，更为有幸的是看到了世界各地的文艺爱好者席地而坐，专注临摹雕塑或油画的学习场景。不得不说，就像"罗马不是一天建成的"，卢浮宫如此浩瀚及高品质的藏品积累，也是经过多位法国国王的传承，千年的历史积淀，甚至通过战争手段而获得，才共同汇聚、发展形成了世界性艺术殿堂；它也令我身体力行地理解了"人类文明发展的总索引"之价值含义。

接下来，几天在巴黎市内的游览时光中，我们走过了塞纳河边的埃菲尔铁塔，各式法式风情的建筑，以及著名的巴黎圣母院与协和广场。不论是塞纳河宜人的风景，还是巴黎街头浪

漫的法国人，或美妙浓厚的法餐，都给我留下了美好的回忆。其中，我发现巴黎作为世界的社交之都，每到傍晚街头上的人流是络绎不绝的，据说这座城市中的大多数家庭，也是不回家用晚餐的。由于他们更愿意将下班时间视为交际时光，所以每到傍晚，我们都能看到巴黎街头的外摆餐位人满为患，他们好像完全没有家庭的牵绊，聊天几乎是天南地北，就餐时无话不谈，喝酒与咖啡直至夜晚。相比曾接触的英国人，我感到法国人的性情就像餐厅里就餐时的聊天一样，豪迈并且热情。

此外，不得不佩服法国人将浪漫视作情怀、心态与格调之美，并将它融入了衣、食、住、行的各个方面。前三个方面，以法式建筑、服饰和美食都成就了巴黎作为欧洲文化中心的内涵，很好理解。关于最后一点的品读，首先来自我曾读过《骑车回巴黎》一书，读后的确感到书中记录的从中国骑行到东南亚，再骑行折返中国到中亚，然后一路骑行回到巴黎，这样的骑行长度和艰苦程度，恐怕唯有不仅热爱冒险而且喜欢浪漫经历的法国人更愿意为之。其次，此行法国，让我对法国人挑战独木舟横渡大西洋，以及历史上各位探险家的故事越来越着迷。诚然，此行欧洲已走过了巴黎，无疑令我感到这座城市的魅力所言不虚，稍后我们还将紧扣法国历史、文化、人文线索，继续前往巴黎西南郊的凡尔赛宫，继续深入探索欧洲文艺。

在凡尔赛读法国文艺

　　这两天，我听到一个网络热词：凡尔赛。启初，还有些不解，这是什么意思呢？一个法国的地名或者宫殿名称为何使用得如此广泛？后来，回想这座欧洲著名宫殿的端庄、典雅，以及历史中的奢华与浮夸，便领会了这个网络娱乐用词隐喻了现代社交中先抑后扬、自问自答或以第三人称视角、不经意露出"贵族生活线索"的炫耀，还挺贴切的。当然，以凡尔赛暗讽想以朴实无华来表达高人一等的现代社交现象是轻松网络文化的表现，但实际上的凡尔赛宫，的确是欧洲文艺相当辉煌的历史阶段和文化进阶的产物。

　　这座位于巴黎南郊的凡尔赛小镇，实际距离巴黎仅有15公里，当我们乘车由巴黎前往凡尔赛时，仅用时40分钟。其间，我们还路过了凡尔赛的中心市场，我购买了一种深具欧洲代表性，但对我们来说十分少见的水果——树莓，它曾常常出现在我少年时阅读的欧洲书籍中。记得少年时，每到放寒暑假，我们都可以在学校的图书馆借出一到五本书籍用于假期消闲，我便是乐于此道的学生。也是那个阶段，我阅读了法国作家莫泊桑的多部作品，从《羊脂球》《我的叔叔于勒》到《漂亮朋友》，我也曾在他批判现实主义的文字中体会着欧洲社会的各个阶层的文化特征。虽然莫泊桑曾参加过普法战争，但最终我没有在他的小说中看到战争的结局，那场德意志帝国成立的仪式就是在凡尔赛宫的镜廊内举行的。所以，我带着年少时的懵懂，期待通过游览凡尔赛宫，将记忆中散落的线索串联起来。

我眼前的这座凡尔赛宫，从建筑功能的复合程度上来看，直观感受是它更像一座以宫廷为主的主题公园开发作品；其中的王宫城堡以及可分隔出1300个房间，可以容纳近5000人常住。同时，凡尔赛宫的建筑面积达11万平方米，囊括花园、特里亚农宫和巨型法式园林等配套设施，从建筑体量和人均占有配套面积的指标来看，它可谓是一个房地产的中型开发项目。当然，如果凡尔赛宫的建造只有体量与功能，则不可能著称于世界。这座斥巨资，请了3万名建筑工人，耗时28年，并以超越欧洲所有宫殿为最高建造标准打造而成的凡尔赛宫，自动工之日起，就是人类建筑史上的一颗无双明珠。

此外，这么大的历史文化创举在古代封建社会中，仅有统治阶层才可以完成，所以凡尔赛宫正是由法国波旁王朝的国王路易十四主张建造并力主完成的。与此同时，探索一下凡尔赛宫的实践可控性，不得不说这位国王路易十四，是人类有历史记载以来统治时间最长的君主。作为波旁王朝鼎盛时期的国王，他在位执政了72年，并凭借谋略通过一系列遗产战争、法荷战争和大同盟战争，将法国再次送上了欧洲霸主的位置。回顾我之前提到的法国加洛林王朝的查理曼帝国，和波旁王朝路易十四时期的法国，都会很容易理解法国人自称"高卢雄鸡"的高傲气质，的确他们动辄就引领了古代欧洲的历史与文艺。

当我们走上凡尔赛宫充满仪式感的甬道和园林时，我便感受到了这是一座充满君权统治需要的宫殿，同时还是一座奢华与浩大结合的建筑体。我们眼前的法式园林，以几何对称式原理设计，全景有100公顷，1400个喷泉与一条1.6公里的人工运河，如果我们围绕园林走上一圈，估计需要半天的时间。同时，在我们缓步前行的途中，还看到了阳光洒向雕塑，喷泉水质清澈，绿树墙体修剪得一丝不苟，以及硬质铺装路面与绿树围合成的建筑小品，整体烘托出法式园林的庄重与肃穆。眼前这座以中轴对称，尊贵感很强的园林深深震撼了我，我开始思考法式园林是否适合国内的高档住区，要如何规避因占地面积大而与经营测算存在的悖论，如何保障植物修剪与养护的精工品质，它们又会对物业提出哪些新的工作标准……总之，眼见为实，凡尔赛宫的法式园林是世界顶级作品。

之后，我们跟随大批人流走进了凡尔赛宫的宫殿建筑部分，它有别于普通宫殿设计，还拥有兵器库、教堂、剧场及贵族娱乐场所、战争画廊等功能空间，我们饶有兴趣地逐一参观了这些空间。同时，在这些空间当中，五彩大理石墙壁和其光彩夺目的视觉效果，引起了我的关注，因为从其用量来看，不得不说凡尔赛宫真的很贵重。据说，每一位波旁王朝的统治者，都会有一座属于自己的大理石宫殿，国王路易十四也不例外，所以即便战争期间，他也曾下令从当时欧洲的大理石产地比利时等国，大量运输了这种石材到凡尔赛宫。

其次，这些空间中的巨型水晶吊灯，就像瀑布一样磅礴而倾泻，同时宫殿和教堂的圆顶布满了色彩鲜明的油画。穿行在凡尔赛宫内，偌大的宫殿有着500多间大小不同的大殿与小厅，我很难想象当时法兰西的宫廷生活在仪式上、礼节上、程序上会有如此诸多的繁琐细节。另一方面，这些大殿与小厅均以宫廷风格统一布置，并处处装饰得金碧辉煌。我们游览其中，可以饱览18世纪法国以及欧洲豪华、精美的雕刻，美轮美奂的各式挂毯和奢华家具，以及琳琅满目的珍奇异宝，它们共同烘托出这座君主宫殿的尊贵地位。同时，也许只有长期居住在此的宫廷贵族们，才会耗费精力去区分如此繁复的功能空间。此外，这也可能是国王路易十四以穷尽当时的娱乐活动，来麻痹法国贵族与封建领主们的野心，来加强君权统治的一种举措。毕竟，在法国历史上，不乏贵族与封建领主挑战君权的事件，之前提到的英法百年战争中，即使国王的继承人也曾被笑称为"布尔日之王"，发出的政令仅能影响管辖的一小片土地。所以，对于四岁继位的国王路易十四来说，也需要另辟蹊径地解构和重塑一套属于自己的统治规则。凡尔赛宫看似奢靡的舞会、饕餮盛宴、戏剧和适于动物生长的打猎场地凡尔赛湿地，恰好能将大大小小的贵族和领主移出他们的城堡，再邀请他们居住进凡尔赛宫。如此，将整个法国的官僚机构集中在身侧与周围，使凡尔赛宫成为军事、内政的权威机构，不得不佩服这位君主的谋略眼光。

接下来，我们缓步上楼，实地参观了国王路易十四和贵族们的起居室。在这些空间中，通常摆放着蓝色帐幕和床具，铺着厚实的地毯，顶部是精美的水晶灯，房间墙壁上悬挂路易十四或王后、贵族的画像。虽然是相似的空间，但也有区别不同等级的陈设物品。其中，最为奢华的是路易十四的国王套房。房间内纯金的穹顶上是繁复的雕花并垂挂了奢华的帐幕，古希腊风格的床具和华丽的床品，巴洛克重工水晶吊灯与螺旋花纹的白色蜡烛，体现了国王起居的富丽堂皇及端庄典雅。此外，房间内的陈设台上，摆放着三只不同造型的欧式花纹瓷瓶，彰显宫廷生活的艺术品位。陈设台上方的墙壁上，悬挂着路易十四最满意的半身戎装画像，画像中的路易十四丰神俊朗，是一位注重风度和深具神圣使命的君主。

除了国王套房外，其他绝大多数的宫廷家具都采用了欧式花纹装饰的艺术手法，同时钱币式的君主像和天使、花穗的图案随处可见。据说，路易十四建造凡尔赛宫的想法曾与大臣们意见相左，他们认为主张扩建、修缮原王宫即卢浮宫，并认为那会更适合国王，但路易十四未采纳这样的进谏。不过，这位国王也没有忘记凡尔赛宫的收藏功能。我们在游览中，除了看到了不少奢华装饰与家具，还有来自当时中西方文化交流的不少展品，其中包括来自中国清朝时期的瓷器花瓶。结合以往在故宫的所见，我发现故宫多以自然，如松、竹、梅、兰或蝠、蛙、龙、猴等图案赋予家具情趣，这种东方文艺手法与凡尔赛宫相比，一个恬淡，一个浓烈。与此同时，路易十四恰好与康熙大帝为同一时期的君主，他们一东一西地掌握着世界两大封建帝国，且一位住在凡尔赛宫，一位住在故宫。

之后，我们赶往凡尔赛宫最著名的镜廊，这是一处由17面近500块镜子共同打造的高级宴会厅，它也是专供路易十四接待外国使节和举办豪华晚宴的场所。对于当时玻璃比黄金还要珍贵的欧洲来说，路易十四此举，无疑向各国展现了凡尔赛宫金碧辉煌的背后，是不同凡响的国力。此外，根据讲解介绍，我们还了解到当时宫廷为搭配这样高雅的用餐环境，一时间为国王和外国使节荟萃出了许多法国美味的菜肴。当我们步入镜廊，我抬头向镜廊上方的拱形天花板看去，那是一整幅由画家勒勃兰所绘的巨大壁画，展示的恰好是法国风起云涌的历史画面。此外，镜廊之所以成为整个凡尔赛宫参观人流最为集中的展厅，还因为展厅两壁的油画与浮雕。这种法式高浮雕的艺术表现方式，立体感很强，就像墙壁与雕塑品的黏合，同时由于墙壁底板的连接作用，特别适合体现盛大而庄严的连续造型。此刻我眼前，各处飞升在镜廊墙壁上的天使，展现着古希腊神话中美善形象，增加了参观镜廊的愉悦体验，镜廊以巴洛克风格为主的雕塑、壁画和多盏水晶吊灯，将整个环境烘托得无比奢靡与高尚。

此刻，我如所有进入这个场域的参观者一样，不停地按动着相机的快门，拍装饰、拍细节、拍合影留念。我对镜廊的独具匠心和精心投入，大为赞赏，我认为建筑就是大地的诗行，它们比人类更耐久，它们比其他事务更坚定，通过它们就能饱览欧洲各个时期的不同建筑风格与流派。我在一系列叹为观止中提升了专业认知，特别是这座凡尔赛宫，将欧洲古典主义的理想美展现得淋漓尽致，是集欧式建筑大成的经典代表作。事实上，历史上来过凡尔赛宫的俄国沙皇、奥地利国王都曾纷纷模仿过凡尔赛宫，建造出了彼得大帝的夏宫，以及维也纳的美泉宫，还有巴伐利亚国王建造海伦希姆湖宫时，据说也曾仿效了凡尔赛宫的外观设计。

　　另一方面，也正是这样一座重要的建筑在之后的不同历史发展阶段，成了法国乃至欧洲与全世界重大事件的标记场所。它曾历经了法国大革命时期的荒废，到19世纪下半叶，又重新成为欧洲瞩目的政治中心，例如我之前提到的莫泊桑和普法战争。公元1870年，普鲁士军队占领了凡尔赛，第二年德国皇帝威廉一世在凡尔赛宫举行了加冕典礼，开启了德意志民族大一统的德意志帝国，从而法国也失去了历史上对德国南部地区的管辖权。同年，法国的梯也尔政府盘踞在凡尔赛宫，秘密策划了镇压巴黎公社的血腥计划。随后1875年，法兰西第三共和国在凡尔赛宣告成立，法国经历了近一个世纪的斗争和多次反复，终于确立了共和制度。此外，1919年法国及英国等国，在凡尔赛同德国签订了《凡尔赛和约》，在此宣告了第一次世界大战的结束。自此，也成就了凡尔赛宫除了是一座与中国故

宫、英国白金汉宫、美国白宫、俄罗斯克里姆林宫并称"世界五大宫殿"的皇家宫殿，还在风雨历程中见证了法国以及欧洲、世界的变迁和发展。

当我结束了欧洲之行，回到深圳后，脑海中依然对凡尔赛宫充满了思考。也许地球的转动不需要任何人，但人类文明的发展需要探索者，每个社会的进步都需要不断突破和向前演进，就像凡尔赛宫，它在一场场人类发起的、声势浩大的政治、文艺迭代之中，记录着个体推动社会进步的许多部分，以及在心灵创造到物质改造的两次创造过程中，充满了理想与成果。

此行欧洲，我们还路过了奥地利绿色的山坡，见到了童话故事一般的牧场与牛羊。我们还爬上了阿尔卑斯山，看到了瑞士最美的雪景；经过琉森湖，感受了瑞士联邦的发祥地。一幕幕丰富多彩的经历和记忆，让我对欧洲文艺有了更多真实的体会，感受了欧洲人类历史的丰富性、文化灿烂性和浪漫主义的文艺情怀。

第三章

艳丽美国行

东海岸的城市属性

　　小时候，我经常在放学做完作业后，从地上的写字台边爬到床上墙壁的两幅地图前，仔细看地图上的各个大洲和国家，我曾为那地域面积狭小、无法标注出来仅以数字代替，列举在地图下面的国家惋惜；也曾感叹北美洲那么大的一片土地上，国家不仅面积广大而且分割线像刀劈斧砍的那样笔直。而后，我在初高中上历史课时，对世界历史中著名的美国独立战争和西进运动产生了浓厚的兴趣，我猜想着这个国家的快速发展和崛起的原因。直到后来，虽然美国是用时最长、距离最远的彼岸，但想探知它作为"例外的例外"而存在的好奇心，还是促成了一次美国之行。

　　美国之行前，我们准备了较长一段时间，一来确定合适时间点与假期融合；二来作为同纬度国家，结合气温准备行装，并最终决定从中国香港出发、直飞纽约。经过15个小时封闭在密闭、狭小的机舱后，我们终于跨过了太平洋、夏威夷群岛，降落在了大西洋彼岸的纽约纽瓦克机场。飞行途中，我身边是一位来自菲律宾到中国香港、再搭乘这班航班前往纽约的菲律宾女士，我粗算了一下她的联程路线，不可不谓之辛苦。当我们的飞机在经过白令海峡时，因气流而发生了连续、剧烈的颠簸，我的心一时间抽紧了，感觉全身血液被倒空。此时，平静而接纳状况的她向我投来镇定的目光，并将手与我的手拉在一起。于是，我开始祈祷美国之行应是有丰盛收获的一行，不然真没有勇气再复制这样的回程。

经过遥远而颠簸的飞行，我们好像200多年前一群乘风破浪、搭乘"五月花"号，在海上航行历时2个多月的英国清教徒那样，对眼前这片历尽千辛万苦方才抵达的大陆，充满了好奇。同时，此次美国东西海岸之行，我们计划首先从大西洋东海岸的城市开始，第一站便是此刻脚下的纽约市。作为全球综合实力排名第一的城市，纽约在美国人口中有这样的俗称：美国的首都是华盛顿，世界的首都是纽约。所以我们将用时两天在这里停留。然后，我们还将去往费城和华盛顿两个城市，围绕着美国独立战争和它的领导者华盛顿而展开。此外，考虑到这一行所跨城市较多，需穿梭在东西两岸的各个机场之间，所以我们参加了旅行团，跟随领队一起高效完成这一次行走。

我们到达纽约的当天，是一个春日的中午，气温还比较清冷，阳光并不强烈。我们以短暂的时间用过了午餐，便开始跟随领队展开既定的行程。虽然，实际上纽约共有五个区，但纽约人常自称纽约只有两个区，一个是曼哈顿区，一个是曼哈顿以外的各区，所以我们的游览重点也是这个号称"世界上城市最有代表性"的曼哈顿区。同时，纽约著名的华尔街、帝国大厦、自由女神像、时代广场、第五大道等地标也集中在此。此时，我们已经置身于城市属性之一的嘈杂声中，纽约是一座繁忙的城市，它是美国经济、商业、贸易和传媒中心，据说有着世界最密集的繁忙状态，就如同我们所见地下车行通道内的拥堵比比皆是。其次，我发现我们身边擦肩而过的很多人，是来自全世界各地的人，他们有着各种肤色、发饰和行装，我认为这也是城市属性的另一个主要特征——虹吸与聚集效应。对于纽约来说，它的虹吸磁场半径更大，深具世界性，这个最早由印第安人居住，被意大利人闯入，被荷兰人称作新阿姆斯特丹的哈德逊河口的地方，经过了英国人夺占，改名为纽约，后在美国独立战争时期成了临时首都，走过并不平凡的跌宕发展历史。同时，由于城市虹吸效应，纽约在20世纪初已超越伦敦，成为当时世界上人口最多的城市，并在二战后繁荣发展，成为世界级的大都市。

此外，我认为纽约的第三个城市属性是它的CBD形态。这座城市的发展集中程度，正如我们一一领略的自由女神、华尔街、帝国大厦、时代广场、第五大道，是在小范围内汇聚了城市乃至国家文化与精神内核的。与此同时，就像世界各地多个时代广场，虽然原作是曼哈顿区的时代广场，但由于城市CBD建筑的高知名度而在世界范围内掀起的示范效应，也凝聚着城市发展的标记作用。当我们漫步这座广场，我发现它依然保留

20世纪30年代美国轻歌曼舞好营生的时代气息。这座与美国电影娱乐业著名街区百老汇同一时期的知名城市代表作，依然洋溢着浓浓的传媒氛围。在这里，人来人往的广场上，据说共有230块广告牌云集于建筑外观，虽然比我想象中的略显杂乱，但自由聚集的城市气氛所携带的时代基因和文化烙印，依然让它成了每个跨年夜里，全球各地人聚集、欢庆的大本营，并约定俗成在这里聆听新年的钟声，我们甚至看到了中国的明星脸。就在建筑装饰与布置略显陈旧的时代广场，我们能体会昔日美国的城市发展样式。

随后，在曼哈顿区的游览中，我们还将足迹留在了第五大道、圣帕特里克大教堂、"9·11"事件后重建的世贸大厦，以及美国大片中经常出现的帝国大厦。同时，在到达纽约的第二天下午，我们来到了矗立在哈德逊河口的自由女神像，将充裕的游览时间放在了这里。我们眼前这座新古典主义的女神雕像，建成于1886年，是由法国雕塑家巴托尔迪设计完成的。它作为法国送给美国纪念美国独立战争100周年，以及纪念美国独立战争时期美法同盟的礼物，有着非凡的造型和历史意义。铜像高约46米，全称是"自由女神铜像国家纪念碑"，正式名称为"照耀世界的自由女神"，简称"自由女神像"，原本由黄铜铸成，但在1920年氧化后，变成了目前所见的蓝绿色外观。其中，自由女神右手高举"代表着光明与希望"的火炬，以及脚下打碎的手铐和脚镣造型，如今已经传播和鼓励了全世界，几乎每一位来到美国的游人都会把它作为纽约之行的其中一站。

　　此外，自由女神像凝聚的美法两国友谊，也揭开了一段美国独立战争的峥嵘岁月。早在18世纪，英国对北美殖民地采用了宽松的政治环境，但经济控制从未松懈，通过食糖条例、出口仅限英国等限制性措施，激起了来自北美殖民地北部以工业发展、中南部以农业发展，整个殖民地内部可以自给自足的北美人的思想抵制。在矛盾不断加剧的过程中，伴随"波士顿倾茶事件"后，北美殖民地召开了第一次大陆会议，向英国提出北美高度自治的要求，并在遭到英国拒绝后，再次召开了第二次大陆会议，期待以橄榄枝请愿书等和平方式解决北美问题。但再次遭到了英国的拒绝，而此时英国在欧洲的主要对手的法国开始支持北美殖民地的独立运动，随后北美殖民地起草了独立宣言，开始了历时八年的独立战争。最终，北美殖民地经过约克镇战役的英国惨败，以及巴黎和谈结束了英国在北美殖民地的统治，美国成为美洲大陆上的第一个独立国家。

　　当我们参观女神像时，已是纽约的日落时分，通过两天的纽约城市体验，不得不说这座大西洋岸边的城市，有着瑰丽的晚霞和绚烂的黄昏，同时曾经的美国独立战争往事也不免在我的心中回响，更加深刻地了解美国与欧洲大陆历史的相关性，以及从《五月花公约》到《独立宣言》中自由民主精神的历史根源。

　　之后的两天行程中，我们来到了美国宾夕法尼亚州东南部的费城。相比纽约，费城虽然也是美国东部特拉华河谷城市群的中心城市，但没有纽约的繁华与世界大都会的骄人气息。费城，显得平实而综合，通过游览得知，费城是宾夕法尼亚州最大的经济体城市，同时费城港也是世界最大的河口港之一，拥有全美居于前列的城市客、货运量。其中，费城的三十街车站就是全美铁路体系中的第三大繁忙车站。我们此行费城的重点，一是由于它与我们即将要前往的美国政治、文化中心的华盛顿有着很多关联性，它曾是华盛顿建市前的美国首都；二是费城市内的市政厅、独立纪念堂和自由钟，都是美国早期的历史文化遗迹。我们将用一天左右的时间参观费城市区，然后从费城南部出发，一路前往美国首都华盛顿的哥伦比亚特区。然而，我对费城的关注点则集中在它颇为传奇的建城历史和故事上，也正是这一特点让费城成为美国最老、最具历史意义的城市之一。

时光回到17世纪的后半段，由于北美殖民地的蓬勃发展，英国在北美大陆的探索持续向前。其中，一位名叫威廉·宾的英国贵族，被英国王室授予了一大片位于纽约南部长满森林的无主之地，即美国的宾夕法尼亚州。同时，这位英国贵族威廉·宾还将自己家族的姓氏，与这片新大陆土地的自然风貌联系了起来，并为这片土地取名为"宾家的森林"，英文直译过来就是宾夕法尼亚。此外，由于当时的北美大陆的城市，主要需要满足与外部，特别是欧洲的贸易往来，于是基本都是沿海岸或河流而建，所以费城这座沿特拉华河流域的城市就首先开启了建城模式。

　　此外，广袤的空地给予了这位英国贵族无限的创作空间，他既发挥了优秀的城市规划能力，还擅长对英国原乡进行营销宣传，再通过一系列购置费城土地可免税、参政等新措施，以及他本人的信仰感染力，通过长时期的移民运动，终于将城市发展最需要的原动力——人，装满了城市。通过观察费城城市中心的街道与公共设施，坦白地说，我认为费城比纽约的整体布局松散且有规律。它在土地使用上，保留了大量的城市公共空间并体现了有益身心的乌托邦规划概念，可能还出于吸引移民购置土地的需要，将整座城市的土地做了棋盘式单元划分，整个城市的道路体系也显现出更强的逻辑感和秩序感。所以，为纪念这位城市创造者，费城的最高建筑顶部一直竖立着他的雕像，以保证他见证这座城市的日益发展和不断进步。

　　在我们游览了菲儿芒特独立纪念堂之后，便向华盛顿出发。在没有来到美国之前，我想我和大部分人都会有一个误区，那就是认为美国的首都是华盛顿市，而不特指是华盛顿哥伦比亚特区。然而，实际上虽然它也简称为华盛顿，又称华都、华府，是美利坚合众国的首都，但特区是1790年作为美国首都而设，并由美国国会直接管辖的一个特别行政区划。所以，严格来说，华盛顿哥伦比亚特区并不属于美国的任何一个州，它的最高权力机构是美国国会，并通过华盛顿市政府来实施管理。此外，来到了华盛顿，我对美国政体制度，特别是联邦、州、地方法律、法规和管理权限方面，有了实地了解和体会。相比众多国家，美国的各级政府在权力分配上更为复杂、立体一些，即对于每一级政府来说，都拥有立法、行政和司法权的三权分立，所以美国的行政执法是三轨并行的，例如一个人触犯了刑法，那么三级政府都有权力将其拘捕。同时，也赋予州政府和地方政府拥有更为细致以及结合当地的日常立法、行政和司法权力，就像我们之后即将前往的亚利桑那州，领队会反复强调在茫茫荒漠上，最好不要随意触摸任一棵不起眼的植物，不然当地政府和法规可以依法罚款或监禁。因为这个州受气候条件的局限，将树木、植被的保护也做了地方立法。

无疑，我们身处其中，体会到了美国在法治社会方面分层、分级的严密体系，所以我想这也是美国作为一个全球移民社会，针对世界上200多个不同原有文化背景，而采用的约束一致性的社会协作体系。与此同时，在立法机构的特点上，美国各州普遍实行议会即两院制，两院通过的议案才可提交州长签署，同时对于州内的重大事项，例如年财政预算、拨款、救济、税收、劳资或选举等议案，则需要两院联合决议，以保障民众的切身利益。不难看出，这也是美国自由宪政体系下，平衡、满足社会各阶层利益的一个核心方式。

若论美国东海岸的行程安排之中，重点之处就是我们目前所在的华盛顿了。一方面，华盛顿作为世界上最有影响力的城市之一，此刻我们已走进了美国的心脏；另一方面，这里聚集着美国地标性的建筑和场所，我们走过了耳熟能详的美国白宫、国会山、华盛顿纪念碑，并留下了许多珍贵的纪念照片。最后，我们计划用一个阳光明媚的下午时光，参观、游览著名的林肯纪念堂。

我怀着崇敬的心情，走上了眼前一座由洁白花岗岩大理石建造，具有古希腊神殿式风格的纪念堂。这座纪念堂的外观以纯白为美，一根根白色、整齐、典雅的罗马柱支撑着纪念堂尖顶型的上部结构。同时，位于纪念堂正中央的是以白色大理石雕刻而成的林肯座椅半身像。雕像中的林肯以坚实而深邃的标志性表情，注视着纪念堂外的海湾和远方，目光肃穆而威严，雕像中林肯的双手自然垂放在座椅两边的扶手上，真实还原了历史人物的日常形象。此时，我们与众多来自世界各地的游人一起，流连在林肯坐像前。其实，这一处林肯纪念堂从建筑规模来看并不大，但十分吸引游人的驻足，除了在纪念堂内端详栩栩如生的林肯雕像之外，还有不少游人走出纪念堂，坐在面对海湾的石阶上冥想。此时，我们也走出了纪念堂，我看着下午三点的阳光照耀在古希腊神殿风采的殿外石柱上。我们绕着纪念堂的一根根石柱来回踱步，我眼前是宁静的海湾，心中是深沉凝视远方的林肯雕像。耳边一阵微风吹过，我静静思考着这位美国总统在南北战争时期的轶事。虽然，实际上美国的南北战争爆发有其北部工业利益群体与南方农场主之间关于国家利益和权力争夺的历史背景，但林肯反对分裂、领导战争，以及起草了《解放黑人奴隶宣言》，并废除美国南方的奴隶制、宣告黑奴获得自由是具有人类历史进步意义的。同时，关于这一进步意义，也取得了世界范围内的认同，马克思也曾称赞过这场战争的革命意义。

　　我们也来到了纪念堂外的石阶上坐下，吹着春天里有些凉意的海风，静静地交谈，将这几天在美国东海岸几座城市中获知的这个国家的历史串联起来。毫无疑问，眼前的美国与欧洲历史发展有着深刻的联系，一脉相承的文化根系。同时，作为现代城市发展的成果，我们已走过的美国东海岸的几座城市又拥有了比欧洲更先进、更开放的发展空间和社会秩序。以纽约、华盛顿为核心的美国东海岸大都市带还在二战后迅速崛起，与以巴黎为中心的欧洲中西部大都市带遥相呼应，并汇聚了城市及区域经济发展的世界顶尖水平。虽然，几天美国东海岸城市的走马观花，只是帮我建立起了对美国的轮廓性认识，但是我们还将不断向西探索，去往美国的西海岸。

纵身飞跃科罗拉多

　　结束了美国东海岸的旅程，我们迫不及待地飞往了美国的西南部，也是科罗拉多高原西南部的亚利桑那州。美国西部的辽阔情景，真是让人心旷神怡、轻松与自在。我们期待接下来会全心投入去体验号称世界自然界七大奇迹之一，有着"世界最美峡谷"之称的科罗拉多大峡谷。

　　同时，我猜想这道科罗拉多大峡谷会与我之前去过的我国雅鲁藏布大峡谷，有着不同的地质与自然风貌。如我所见，我国的雅鲁藏布大峡谷为一道崇山峻岭之间江水冲出的峡谷，峡谷的深度在2000多米到6000多米之间，也是世界上最大、最深的峡谷；而眼前的科罗拉多大峡谷则是科罗拉多河在平地之上，经数百万年冲刷而成的一道平均深度在1600多米的断崖式峡谷。于是，两道峡谷在不同的地质表面，形成了不同的峡谷深度和迥异的自然景观。雅鲁藏布大峡谷拥有着西藏的藏南谷地风情，是绿树成荫，植被茂盛的峻岭与江水相伴相生。然

而，我眼前的科罗拉多大峡谷则是身处荒漠，植被稀少，岩石横立，土壤裸露的大地与河水刚柔并济。此外，据说我们眼前看上去带有赤红色的科罗拉多大峡谷岩石有着地球一半的年龄，诞生在寒武纪到新生代各个时期。同时，我发现这些峡谷的巨岩断层经过了岁月打磨，形态各异，早已鬼斧神工，还展现出了不同岩层不同颜色的瑰丽特色，为科罗拉多大峡谷增添了一份秀色和壮丽。

当我走在高大、挺立的岩石上时，我发现这里的土壤不是红色而是褐色的，同时这些褐色的土壤在阳光的不同照射角度下，会呈现深蓝、棕色和赤红等不同色彩，这说明这一片像彩色地画的土壤之中，富含了多种矿物元素。我眼前的这条科罗拉多河是一条北美洲著名的河流，发源于美国中部的落基山脉，并主要依靠落基山脉的冰雪融水和雨季降水，全长蜿蜒2330公里，流经美国中部、西南部地区，包括科罗拉多高原，并在靠近拉斯维加斯的地方成了分隔亚利桑那州和加利福尼亚州的界河，并最终流进了加利福尼亚湾。神奇的是，由于这条科罗拉多河的流经与滋养，科罗拉多高原的土壤多是褐色的。而我们通常提到的科罗拉多大峡谷，是指由小科罗拉多河到米德湖这一段长度约446公里的科罗拉多河流经地。我看着眼前这一段不透明、色彩饱和度极高的绿色水体，它既美丽，又神秘。

我们走在大峡谷的两岸，真是一步一景，我体会着美国西部的苍凉与壮丽。对比以往看过的美国西部大片，不得不说实景更加激动人心，这是荒漠炎热气候与植被稀少带来的自由、辽阔与舒畅感受，与几天前我们在东海岸的感受截然不同。同时，美国西部自然环境中的静谧与神奇、壮丽共存，也彰显了北美丰富的气候特征和地质多样性。看来要纵情欣赏科罗拉多大峡谷的美，不仅仅是依靠普通陆路畅游可以尽兴的，于是我们开启了海、陆、空全方位模式，打算纵情体验科罗拉多大峡谷的壮美。

首先，我们在陆路畅游模式中，走过了一道道险峻的岩石，并在岩石与土壤中意外地发现了这个自然环境中的原住民。由于大峡谷的自然条件局限性，可以长期生活于此的动植物本就不多，针对荒漠与沙漠环境，我们眼前的沙漠松鼠就是这片寂静生态之中，为数不多的活跃角色了。这些沙漠松鼠的体形较大，体态矫捷，它们的毛色偏黑而且厚实，不像我们常见的国内浅棕色松鼠，也不像我们在华盛顿城市公园中所见的"不怕人"的松鼠，我想应该是自然的物竞天择，赋予了它们更强的野性。所以，这些黑松鼠看上去不憨态可掬，而是身态机敏，当我们将饼干、面包渣丢给它们，它们会采取紧急向前、吃掉或拿着就跑的探索战术。直到几次投喂成功之后，这些黑松鼠才会放松一部分警惕，对着我们手中的食物直立起身体，再用它们两只小小的前爪往上抓，够着食物来吃。

虽然，这种小生灵与我们以往去西藏所见的土拨鼠不同，相比土拨鼠十足的吃货本性，只要给吃的就任由我们搓摸不同，科罗拉多大峡谷中的这些野性原住小生灵们，它们只需要与游人简单地互动，目的性明确，并保持相当远的安全距离。所以，正如刚刚黑松鼠能抓住我手上的食物来吃，有了这样一段近距离的互动接触，已着实令我们欣喜不已。这就像一份来自异国他乡的信任，对于离开祖国，外界交流骤然变少的我来说，也是一份友善的给予，是一个良好关系建立的开端。

接下来，我们结束了陆路探寻科罗拉多大峡谷的模式，开启了"海"路体验科罗拉多河的美妙时光。我们走上了一只白色小船，精心、无扰地漂浮在绿钒色晶体一般美丽的科罗拉多河上。此时，我脑海中在搜索还曾在哪里见过这样的河水颜色，心中不由得浮现出了西藏林芝的尼洋河。然而，虽然两处河水的颜色相似，但由于科罗拉多大峡谷有1600多米的深度，所以我们眼前的绿色河水更显神秘与深邃。这样一条色彩饱和度很高的绿色河水，仿佛来自"遗失的世界"中的一块碧玉或翡翠，舒展着我的眼目和视觉。此外，幸运的是为我们驾船的工作人员很是友善。当我们取峡谷两岸的景物拍照时，他便主动配合放慢小船行进的速度，当我们想要取景合影时，他便主动地看向我们，或以手势询问我们是否需要帮忙。我认为，这是一种对需求的不漠视，并在节奏和氛围上给予妥帖的配合，是一种令人打开心怀、放松其中的人文氛围，它也让我陶醉在了纯粹的自然享受里。

此时，阳光的温暖令我摘掉了墨镜和遮阳帽，虽然亚利桑那州的太阳也是炙热的，但在此刻，似乎唯有阳光的沐浴才能让我融入科罗拉多高原的自然体验，它让我感觉自己的身与心贴得更近。就这样，我们悠游在船上，我一边欣赏着眼前的美景，一边和同行的老同事聊起了刚才进入峡谷的小插曲。由于科罗拉多大峡谷在印第安人保护区内，所以当我们进入峡谷前，领队反复叮嘱需要注意印第安人的禁忌。原本，我们以为会是一些称呼或生活习俗类的忌讳，然而领队却指着一棵细细的小树告诉我们：它可能已经600岁了，以及在景区内千万不要触碰任何一棵植物。原来，由于科罗拉多高原的气候干旱，我们眼前那些既不高、也不粗，看上去极不起眼的小树，却是当地人精心培育的成果，它们每年以微乎其微的速度生长在这里。同时，领队估计是出于以往不以为然的旅友造成事故的经验，于是动之以情，还一再告诫我们如果破坏了这些植物，我们将有可能被印第安人留下来长期种树。此外，还向我们说明了由于印第安人保护区有地方保护性政策，所以即使美国法律也不一定好用，我们可以放弃等待领事馆协调和带走我们的可能性。

这听上去，简直比禁忌更为惊悚。然而，荒漠中每一株能存活下来的小树，都是奇迹的馈赠，我们除了好好保护，别无他想。就这样，我们在美国西部干旱地区无限的日光抚爱，与无比脆弱的生命对比下，随着游船下到了科罗拉多河的谷底，然后再顺着水流走向漂浮在河水上，亲身且自在地体验着科罗拉多河看似平静，却能形成巨大峡谷的冲刷力。之后，我们结束了"海"路体验科罗拉多河模式，走上了峡谷地面。经过领队的沟通，我如愿和一位景区工作的印第安大叔合影留念。多年来，我对异域文化的理解是：陌生并不代表了可怕。有时，我们需要的仅仅是一个愿意走进与融合的态度，这就像听完了有关气候和植物的故事，反而会让我想去真实地走近印第安人。同时，根据自己的行走体会，其实不管是新西兰毛利人哈卡战舞中那些怒目或击打腿面的可怖表情与动作，还是西藏达姆寺的骷髅墙，反而都是各自地域文化中对外人友好的欢迎，或追求生命意义的表示。

所以，往往是不了解才产生隔阂，不走进才会始终无法理解。在人类共通的情感需要上，我愿相信善意的力量。就像这位合影的印第安大叔，他的身高与面部五官都有着北蒙古人种的特征，他棕色的脸庞上刻着几何纹样的刺青，我想在这些神秘的图案和符号背后，也包含着那些来自远古部落，为留下族群记号的共同体意识。同时，印第安人曾是北美大陆的文明先驱者，后来苦难的"血泪之路"与不屈不挠的抗争，都因为近距离接触这位印第安大叔而鲜活地回响在我的脑海中。虽然，在历史的长河中，我一次次地看到和发现先进文明取代原有土著文明的必然性，但在那些尘嚣过往的历史轶事中，我理解和尊重他们为家园与族群而付出的悲壮。合影时，这位印第安大叔还将手放在我的肩头紧紧有力的一握，我相信这一握肩，就是一种欢迎和友好的示意，也是他读懂了我们愿意走进和了解印第安人的善意。

我们回看着相机里珍贵的合影，印第安大叔随和、友善的微笑，至今记忆犹新。之后，我们继续开启搭乘直升机，

"空"中体验科罗拉多大峡谷的模式。经过排队候机，我们每四人乘坐了一架直升机，机上是一位来自欧洲，开朗、幽默的飞行员。我们在系好安全带和做完安全检查之后，便缓缓的从机场中央升空，我们都很期待能从空中俯瞰这条最美大峡谷的视觉体验。同时，我的情绪度也随着飞机的不同高度而变化，飞行员会顽皮地询问我们"准备好了吗？"，我们大声地回答"当然"，而后就被带入了一波意想不到的"黑暗"操作中。那是飞行员拉动操纵杆，将直升机向地面俯冲下来的体验，我们的身体几乎向前倾斜成45度，并感觉自己失重得就要将脸朝向地面砸去。我们不由自主地大声尖叫，以此对抗内心恐惧，而从实际感受上来说，本能地尖叫也的确有效缓解了压力。

此后，飞行员在我们还来不及停止的尖叫声中，再次拉动操纵杆，然后更加淘气地问："嗨，是不是再来一个？"此时，机上我与其他女同胞都已吓得不轻，但后排的男士们还在大声回应"接着来吧"。于是，我们在好几波兴奋、惊喜、尖叫与极速心跳之中来回切换，混合感受着来自科罗拉多大峡谷的空中欢乐体验。与此同时，虽然实际情况是在下机时，我们大部分人的腿部已紧张到只能缓慢挪步的地步，但当排队候机的人群询问我们感受时，我们还在大呼过瘾，并挑动他们跃跃欲试的情绪。不得不说，我们在科罗拉多大峡谷的海陆空全面体验和挑战，极大地提高了我对美国之行的满意度。

随后，我们以继续了解印第安人的文化与生活为行动目标，探访了一处当地印第安人的集市。在集市上，我见到了更多印第安人和他们的手工艺品。并且在这个集市上，也有不少与我们年纪相仿的年轻印第安人，但相比印第安大叔，他们的身高普遍较高，有着棕黑色的皮肤，喜欢文绣浓密的眉毛，和始终未变的北蒙古人种的五官特征。历史上，关于印第安人的族源是有着不同说法的，以亲身体会来看，我更倾向于印第安人是来自亚洲，跨过了白令海峡，繁衍生息在古老美洲大陆的迁徙人群的说法。此外，我还曾看到关于北美印第安人为保证血统纯正，坚持族内通婚，与南美洲印第安人因漫长的殖民历史已融入了欧洲人五官特征的现状报道。于是，我一边思考这个信息，一边挑选了两支印第安人的箭。这两支漂亮的箭工艺品是由动物骨头制成了箭头，以红、黄两色珠子环绕在箭杆上，此外在握箭处和箭羽的尾部都悬挂了黑白两色的动物羽毛，还在羽毛上绘有猫头鹰与熊的图案。虽然，之后回国途中，因美国海关认为我这两支箭是武器，而为说服他们是工艺品耗费了大量气力，但我相信这两支印第安人的箭是我走过世界为之欣喜的纪念品，因为它们是有能量的器物，携带了印第安人原始而古老的文明。

　　我们在跨过了科罗拉多大峡谷之后，就正式进入了美国的西部。相比美国东海岸的城市群，美国西部地区实在太有魅力了，它不仅地域宽阔、风情粗犷，惊险又刺激，还时不时地有些西部牛仔的洒脱与幽默。之后，我们还将去往内华达州的拉斯维加斯城，我期待更为完整地体验美国向西的发展进程，也期待接下来即将走过的风景，路过的城市。

去采拉斯维加斯的风

　　如果说在国内的多次行走中，我最喜欢的小城是甘肃省的敦煌市，那么在世界各地的游览中，令我感到最好奇的就是拉斯维加斯城了，它也是我们此行美国的一个重要因素。首先，虽然不太明白自己为何喜欢沙漠城市，也像三毛那样遥想过自己的前世今生，曾疑惑自己的前世是不是一位沙漠驼队的女首领，但是挚爱沙漠的神奇与瑰丽的情感是不容忽视的。其次，自己对骆驼这一类耐寒又耐热，耐饥又耐渴的沙漠动物是情有独钟，从多次接触和不断收集以骆驼为题材的照片，或是以它们的造型编制而成的手工艺品，我都在感受它们温顺、自足的性格。沙漠，似乎是我的一种生命记忆中的符号，总是被唤醒，就像后来去往埃及旅行时，我像指挥官一样手向前一指，兴奋地告诉向导，"请带我去撒哈拉沙漠"。虽然，向导一脸惊讶地问我，"你为什么要这么说？撒哈拉本身就是沙漠的意思，你要去沙漠的沙漠，那是一个什么地方"，但那丝毫不会影响我对前往的兴致。

　　从亚利桑那州出发，一路驶向拉斯维加斯的旅途是享受的。当我们进入内华达州境内时，陆续看见了更为荒凉、辽阔的美国西部风景——黄沙、公路和蓝天。当车辆在沙漠中穿行，我偶尔也看见低矮的绿色植物，它们看上去就像枯干树枝上的绿色茸毛，仔细辨别才会发现它们其实是枯干树枝上的一丛丛针形树叶。由于内华达州与亚利桑那州一样，州内的年平均降水量很少，所以，这里的城市植物生长依然需要依靠滴灌技术。而我眼前这种沙漠自生的植物，绝对是这片沙漠自然进化中物竞天择的适者，细小的针叶有利于减少水分的蒸发。同时，车子越靠向沙漠的中心行驶，我们就越能体会这种美国西部的空旷和荒凉，甚至感到我们所乘坐的车辆，就像电脑地图中去寻宝的一只小小鼠标，在向着泉水丰富的绿洲不断探索、前进。

　　此外，沙漠单调的景象就像是一幅宽阔的屏幕，任凭想象力和记忆力在脑海中飞驰，我就不时地在眼前闪现美国西部大片的各种精彩的画面。在这些画面中，既有独自驾车、高速穿越沙漠的电影男主人公，他一边吹着口哨、开车，一边大声播放着美国乡村音乐；还有头戴牛仔帽、腰携手枪、脚蹬高筒靴的西部硬汉，正在想办法引开小镇的监狱看守，为同伴打开牢门……在心情放空之后，我看清了自己的大量心底收藏，于是也让我更加理解了为什么旅行总能让人减压和梳理心绪。因为，在陌生又放松的情景下，投入情景可以切换掉原有的执念，内心的潜意识往往才能浮现到我们的意识层面。如此，拥有了关照自己内心的契机。另外，一路行驶途中，我们还路过了广袤沙漠中的几个加油站，我发现这种沙漠地区的加油站不仅提供加油服务，还提供各种信息的咨询。同时，它们的功能更加综合，也提供我们需要的简餐和食物，三明治、牛奶、面包和黄豆番茄酱焗的牛排。总之，是一些简单易得，同时热量很高的美国口味。我猜想这些加油站就是很多美国西部货运司机和旅人长时间沉默旅途之中，唯一可以与人交流的触点。

漫长的一路车行中，我的眼前是沙漠中的热空气在阳光下跳动，随后，我们就在这远远的跳动中，逐渐看见了沙漠中的明星之城——拉斯维加斯。当终于到达拉斯维加斯的入住酒店时，我走下车来，舒展筋骨和体会一下这个城市的温度。然而，和我预想的略有不同的是一下车，就是一阵扑面而来的干燥热风，作为这座城市特有的问候，我明白了拉斯维加斯城内的湿度，并没有与我们刚才经历的沙漠有什么不同。而这股熟悉的干燥热风，是自己曾在到达海拔3000米以上的香格里拉时体会过的。那是秋冬季节的香格里拉的正午时分，巨大的温差与旱季干旱的气候，将太阳反射在干燥的空气上，就如同我们刚刚在沙漠中所见的一阵阵跳动的热浪。同时，这股熟悉的干燥热风，也预示着我们在接下来的几天里，即将进入干旱地区的生活模式，需要常备水源缓解干渴。

虽然，令人兴奋的长途沙漠穿行体验不错，但我们也已精疲力竭，我躺在酒店的客床上，双腿似乎还能感受到车子的

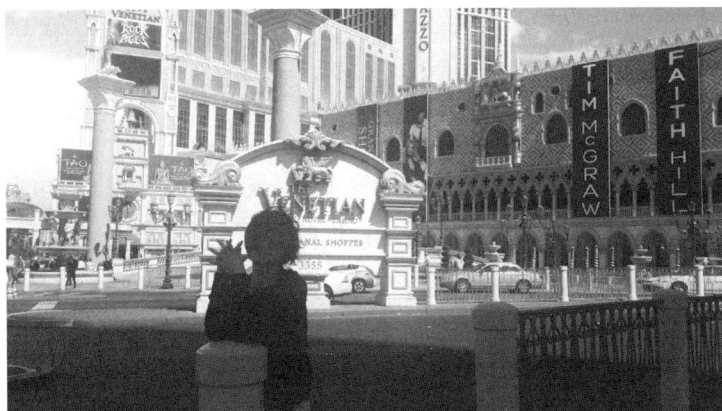

抖动。整个下午，我们都在酒店中休息，并自由参观了这间综合性酒店的设施与环境。我们入住的这家CUICS酒店，前往二楼赌场就像平时在国内酒店去往二楼的餐厅一样正常，虽然这和我们长期的禁赌意识不同，但它集合了拉斯维加斯酒店、商业、餐饮、赌场的经典一体化设计理念。有关赌场、酒店的综合体建筑，我之前在澳门参观过，但拉斯维加斯城市中的酒店，更普遍采用这种综合功能全配置的做法。同时，从酒店装潢的豪华程度与博彩设备的数量配备来看，其中有科学的体系性分级，对比之后我们所见的其他赌场酒店，我认为从地段到客户的消费数据，再到酒店规模与赌场内的设备数量，都已经形成了一致性的比例参数和成熟通路。

舒适的酒店休闲时光，让我们享受了来到拉斯维加斯的第一个愉快的下午。我眼前的这座城市，有着神奇的沙漠建城历史和现代化城市建设的形态。原本"拉斯维加斯"是西班牙语，意思是"肥沃的青草地"，所以它也是这片大沙漠之中，唯一拥有泉水的一块绿洲。之后，得天独厚的水源让这座城市于19世纪，受到了美国摩门教教徒的青睐，由此打开了城市建造的历史。再后来，拉斯维加斯经历了由于大量墨西哥商人前来贸易和聚居而中兴的一段时间，拉斯维加斯也犹如美国众多的西部城市一样，也曾经是一片采矿、淘金的热土。了解到这座城市的前半段发展历史，我已经发现它是在一片生命死寂之中，给予的人类惊喜，一批批拉斯维加斯的建城者以相信"相信的力量"，不断改造着沙漠环境，并顽强地发展出了连续的城市生命轨迹。

这其中一定包含着这座城市与自然，和城市自身发展两个层面的内涵。一方面，这座城市的周边，就是一望无际的沙漠和戈壁，作为这座城市最明显的特征之一，就是它没有明显的城市界线，与沙漠互即互入地融为了一体。所以，要保障城市公共设施的正常运转和市政绿化都有相当高的难度。另一方面，矿产资源的采集会在一个历史阶段之后，面临资源枯竭、经济难以为继的局面。同时，历史也正是如此，经历了淘金热之后的拉斯维加斯，曾一度陷入了城市发展的迷局。随后，内华达州政府通过了一项带有突破性质的拉斯维加斯城赌博合法的议案。这项大胆的议案，像一股及时而来的沙漠飓风，将拉斯维加斯从过去历史的种种标签中剥离了出来，开启了博彩业不断迭代，带动城市其他服务业中兴发展的道路。一时间，博彩业兴盛带动的酒店、夜总会、餐馆、旅游和疗养事业，让整个城市的产业结构复合发展，综合实力逐步提升。虽然，可想而知在城市转型发展中，最大的获利者是内华达州政府和各大赌场利益集团，但是不得不说，以产业造城的典型城市发展思路，让这座原本孤独、荒芜、已失去经济支柱的沙漠城市，成了一座世界级赌城，并一跃跻身美国国内发展最迅速的城市之一。

之后的两天时光中，我们激情感受了这座神奇魅力沙漠城市的发展成果，从赌场、阳光、娱乐、不夜城、自由、狂欢这些元素中，寻找到了正确打开拉斯维加斯的方式。同时，作为一座沙漠中的人工城市，拉斯维加斯的经济繁荣是与纽约感受不同的，也有别于文化气息浓厚的华盛顿，更异于加利福尼亚旧金山安定祥和与家庭生活的场感。拉斯维加斯，就是一个欲望之都，它拥有着改变生存阶层的魔力，就像美国流行的一句俗语，"如果你真的穷到只剩几个硬币，那么请到拉斯维加斯来试一试运气。也许你会咸鱼翻身，一夜就赢回了所有"。拉斯维加斯，就是一个瞬息万变、光彩陆离的大舞台，它在营造和宣传各种神奇逆转人生的可能性，这也是一个吸引世界各地游客前来的好故事体系，毕竟不管是安稳或处在漂泊的人，都期待迎来更多的人生契机。

与此同时，我认为对于拉斯维加斯的体验，还要分白天和夜晚两个精彩时段。白天，我们在拉斯维加斯感受着它现代化的城市气息，体验着这里著名的威尼斯人酒店、永利商场以及运河百货之中的豪华赌场，和让人目不暇接的、从全世界各地赶来这里度假、休闲、娱乐、消费的人群。此外，拉斯维加斯虽然号称一座赌城，但不代表它缺少现代城市文明的自由与怀旧情怀。当我们坐在酒店喷泉旁的座椅休闲时，我发现身边一位头发花白的美国老太太，她正戴着眼镜、读着当天的报纸和新闻，在这座城市中生活的人们，一样有着悠闲和规律的节奏。此外，当我们望着酒店广场上来往的人群时，一辆悍马车从马路中驶过，一大群身着二战军装的年轻人呼啸而过，成了一道靓丽的风景。于此，我们也体会着这座城市中不同主题文化的多元性。

夜晚的拉斯维加斯城，就像硬币另外一面，是一座闪烁着霓虹和充满了诱惑的夜生活秀场。对于这座纸醉金迷的不夜城来说，很肯定的是来到这座城市，夜晚可以是用来体验，而不光是用来睡眠的。整座城市在夜晚大型霓虹灯光秀的装点之下，显得奇幻而迷离，我们坐着双层巴士巡游在拉斯维加斯大道上，一座座穿上了霓虹外衣的建筑，褪去了白天的模样，仿佛令我们回到了20世纪二三十年代的城市之中。我们在百乐宫喷泉，和其他众多的夜景游览场所中，体会着一座座灿烂炫目的赌场，一个个血拼时尚新款的高端奢侈品购物天堂，以及一场场超级秀表演，都组成了拉斯维加斯夜晚华丽、迷人的景观。另一方面，有些出乎意料的是因度假消费而拉动的拉斯维加斯的时尚购物，占城市商业消费中很重要的比重。在我们游览拉斯维加斯不亚于巴黎的奢侈品展卖时，欣赏到了限量款路易威登行李箱，和以美元大小设计的古奇钱夹，都是特制的款式，这座城市似乎也让我们感受到了它无所不能的氛围。

　　此外，一场著名的上空秀表演，也拉开了拉斯维加斯夜生活中最具特色的体验。虽然，我们是慕名而来，但当灯光闪亮在舞台上的那一刻，我们还是听见了整个剧场中的一片哗然。此时，舞台上已经云集了一群上身裸体的女性舞蹈表演者，随着她们的出现，让整场表演进入了美艳至极的氛围。这场世界知名的秀，正是以这样特殊的表现方式，打开着世界各地的游人对拉斯维加斯的另一种感知和解读。与此同时，虽然整场表演秀采用了极为特殊的表现方式，但实际上，这场秀的表演线索，更像是在讲述拉斯维加斯的城市发展历史。我们在演出中，看到了曾经这片土地上的土著贵族们生活、婚礼的场景，以及表演秀中大量的剧目展现了他们如何恋爱以及结成婚姻，和对爱情的忠贞不渝。此外，我们还看到了拉斯维加斯发展到18世纪时，城市的资产阶级中兴，他们擅长社交与聚会的场景。同时，舞台上的表演者们以不断穿行的大型走秀方式，来表达了那一时期的舞会盛大和新城市气象。所以，虽然表演刚开始时，我们如同众多观众一样稍有不适感，但渐渐地，会因舞台上舞者专业的艺术精神，和所讲述的故事情节而被带入到这座城市的历史发展之中，并倾心欣赏这场观众难以忘怀的独具风格的表演秀作品。

　　据说，拉斯维加斯的夜生活还有很多纸醉金迷的主题，也有人说，拉斯维加斯就是一个人间神话，在美国以基督教立国的全景之下，拉斯维加斯就像一个特别的存在。而我们所熟知的自2014年起，拉斯维加斯就已经成为蜜月旅行的世界首选目的地，以及这个城市可以为游客提供1.5小时内，办理全部结婚手续的服务项目。总之，当我们来到了这座城市，体验了它全天候娱乐、度假胜地的城市内容后，我并不想以世界上绝大多数的城市标准去评判它；与沉稳发展和按部就班相比，拉斯维加斯不按常理出牌的城市发展道路，的确因释放人类无穷无尽的欲望和营造活色生香的氛围，而成就了经济发展。

又是一个美国西部艳阳高照的早晨，我们用过了早餐，开始收拾行装；告别了拉斯维加斯的干燥热风，一路启程继续向美国的西海岸进发。此时，我感到美国东西海岸才像是一枚硬币的两面，一面是经济发展而来的高度物质自由，一面则是保留了北美洲大陆原有辽阔的不羁自由。此后，我们将继续探索美国西海岸的加利福尼亚州，去游览洛杉矶、旧金山和圣地亚哥几座城市。不过，就在我离开拉斯维加斯城的那一刻，回望这座沙漠城市，忽然感到内心中好像扩容出了一大块空间。是的，就是这座沙漠迷幻之城，带给了我完全不同的城市发展逻辑、游览体验和认知升级的感受。

圣地亚哥之吻

　　我们从美国的内华达州出发，继续一路向西，飞越了内华达山脉，我们乘坐的飞机终于降落在美国西海岸加利福尼亚州的旧金山市；并在接下来的几天行程中，我们计划沿着美国西海岸向南行走，一路走过了因淘金、化工业崛起的旧金山市，和因电影业蜚声海外的洛杉矶市，最终将到达美国的西南角与墨西哥交界处的圣地亚哥城，并将这里作为我们美国之行的终点。在这一全程近1500公里的游览和体验中，我们既将足迹留在了金门大桥、渔人码头、九曲花街和唐人街，同时也参观了大名鼎鼎的好莱坞、星光大道和中国大戏院。一系列带有美国标志、原本存在我们脑海中的时尚名词，此时一一出现在了我的脚下，这是此行美国中一件相当有成就感的事。

　　此外，我们在好莱坞时，争相与多位少年时青睐的明星的塑像进行了合影，并将这一自娱自乐的照片传回了国内，分享给亲人和朋友。在大家共同的交流中，我找到了往昔的记忆。

那是少年时，我像大部分女生一样热衷好莱坞电影，从《魂断蓝桥》《乱世佳人》《罗马假日》《蒂芙尼的早餐》《埃及艳后》到《泰坦尼克号》，我将葛丽泰·嘉宝、费雯·丽、奥黛丽·赫本、玛丽莲·梦露、伊丽莎白·泰勒和英格丽·褒曼等明星的明信片压在我与家姐的写字台玻璃板下，也将她们的海报粘贴在我们的床头。我们还会通过看杂志和电视节目的方式，来不断丰富对这些明星生平故事的了解，似乎她们并不是与我们隔着太平洋的距离，遥不可及。

如今，当我走在洛杉矶好莱坞广场，看着它依山傍水的景色，与自己之前所想的略有不同，原来好莱坞不是一座密闭的电影工厂，而是充满了生机的活跃市区。此外，当我们走在好莱坞星光大道上寻找明星的手印时，我感受着它曾带给美国一战后经济飞速发展的历史过往，可以说它的发展史就是美国的电影发展史。同时，好莱坞电影业自华尔街大亨们的投资后，也成了盛产世界标签的输出地，例如好莱坞电影奖、奥斯卡颁奖礼。同时，幸运的是我们一边走在好莱坞的街道上，一边遇到了打扮成各种电影人物造型的发烧友，我们和装扮成卓别林大师，穿戴经典礼帽与大皮鞋的国际友人来了一张合影；世界幽默大师卓别林作为美国电影业的代表人物，也是好莱坞的专业顶流。

在我们结束了旧金山、洛杉矶的城市游览之后，继续向南进发，终于在第二天上午，当地时间10点12分，中国时间的傍晚19点12分，顺利抵达了美国南部城市、加利福尼亚州的南部

端点圣地亚哥城。当我们刚从机场出来时，眼前就是一派美国西南海岸的风情，机场到市区的公路边有开着海棠色和玫红色的杜鹃科植物，还有粉色的菊科飞蓬，这种植物只要一绽放，便会形成遍地满铺了绿叶和小花的景象，霎时令人感觉温馨与安逸。在我们这一路看过了美国西部的大荒漠、走过了西海岸各座城市后，此时海边青草碧绿、繁花点点，以及路边遒劲弯曲的海榄雌树，共同切换了我们眼中的视觉，一派南加州的风情令人心旷神怡。

我们乘坐的车辆，行驶在美国15号公路上。恰逢周末，所以我们在这条公路上，看见了不少骑着重型机车的美国男子，他们驾着"哈雷""战斧"和"印第安"等各品牌的速度机车，沿着高速公路向度假目的地驾驶。此外，公路上还有不少皮卡车在飞驰，美国皮卡的特点在于它结实的轮子和硕大的外形，同时还可以在皮卡车尾拖着家庭度假使用的小型游艇，而这样的一幅情景，就是美国南加州人周末海边度假的标准样式了。我体会着车窗外，令我们羡慕不已的速度与激情，据说美国人和我们中国人在理想阶段划分上有相似之处，也分为三个阶段，不过他们的理想内容却与我们的三十而立、四十不惑、五十而知天命，有着极大的文化差异。大部分美国人期待30岁时拥有一辆车，可以带他去到所有想去的地方，之后40岁时拥有一套房子，50岁时拥有一艘游艇，这便是他们心中的完美人生。相比之下，我感到似乎美国人强调个体感受，倾向于自我满足，而我们则偏向于承担家庭和社会的责任。这也不禁引发我更多的思考，比如西方哲学的底层逻辑是知识，而东方哲学的底层逻辑是个人思想的解惑与修行，以及西方强调个体突破、征服环境，而我们重视团体发展和协调。当然，也可能正是这些不同的文化价值观，衍生出了我们看来极为新奇的异域生活方式。

在我们与这些高速公路上的人文风景相伴一路之后，我们来到了圣地亚哥市区。眼前这座又称"圣迭戈"的小城，风光旖旎，安静祥和，处处透着南加州度假、休闲的城市风情，我深呼吸海边城市的空气，让鼻腔与干净、湿润的气息相结合。其实，世界范围内一共有着5座名为圣地亚哥的城市，它们分别位于古巴、西班牙、美国、智利和阿根廷。其中，古巴的圣地亚哥市是古巴第二大城市，也是1514年由西班牙殖民者建立和命名的一座城市。同时，西班牙西北部的圣地亚哥市，位于萨尔河和萨雷拉河的交汇处，相传耶稣十二门徒之一的雅各就葬在了那里，且雅各曾在西班牙传教了7年。此外，智利的首都、国内最大的城市也叫圣地亚哥，它位于智利国家的中部地区，也是南美洲的第四大城市。而此时，我们所在的圣地亚哥是美国加利福尼亚州的一个太平洋沿岸城市，位于美国的地域极西南角，有着发达的通信、生物制药产业和多处军事基地，也被誉为海军航空兵的诞生地。而通过几座圣地亚哥城，不难看出"圣地亚哥"取自西班牙语，同时都与西班牙曾经在中南美洲的殖民统治直接或间接相关。

回顾美洲的历史发展，不得不说，曾经开启大航海时代的16世纪初，西班牙与葡萄牙对中南美洲进行殖民的阶段。由于西班牙在中南美洲找到了号称"遍地黄金"的印加帝国，并打败了这个当时已占据南美洲西部土地的封建君主专制帝国，而一举获得了南美洲大量的矿产、黄金和土地。而印加帝国，作为美洲三大文明之一印加文明的缔造者，也从此消失在了历史的烟尘之中。同样的历史情况还发生在中美洲的墨西哥地区，由印第安人创立的阿兹科特帝国被西班牙攻陷，墨西哥沦为西班牙的殖民地，而阿兹科特文明也是美洲三大文明之一。再结合早期葡萄牙人将南美大陆中心腹地的巴西，占为了葡萄牙的殖民地，于此，整个中南美洲处于了西班牙、葡萄牙的殖民统治之下，此外由于这两个国家属于拉丁语系，所以他们殖民统治下的中南美洲和西印度群岛也称拉丁美洲。另一方面，由于西班牙、葡萄牙两国在美洲新大陆的主要政治任务，是搜刮当地的矿产和黄金，所以他们对北美大陆做了选择性的战略放弃。如此，也才形成了英国晚于西班牙、葡萄牙探知美洲，并对北美大陆殖民的契机。

而后，如之前提到的英国清教徒在17世纪20年代，乘坐"五月花"号到达北美殖民地，迅速发展并通过独立战争取得了国家主权。在此之后，伴随着发展和不断的土地扩张，美国在18世纪末开始了长达一个世纪、共分三个阶段的西进运动，终于将领土从原先美国东海岸的最早13个州，扩张到了如今的地域覆盖情况。其中，金元和战争是美国主要获取领土的方式，一方面美国通过与欧洲殖民者购买路易安那州、佛罗里达州，将自己的领土扩张到东面临海，南面与当时的墨西哥接壤；另一方面美国通过利用墨西哥政局多变，鼓动原属墨西哥的得克萨斯州地区独立，再将其纳入了美国版图，之后经过1846年的美墨战争及战后领土割让条约，将原属墨西哥的加利福尼亚、内华达、科罗拉多、亚利桑那、新墨西哥和怀俄明部分地区划入了美国版图。而美墨战后的《瓜达卢佩—伊达尔戈条约》，也成了人类近代历史上割让领土最多的不平等条约。

所以，在这样的大历史背景之下，我脚下的这座圣地亚哥城也经历了几个阶段的历史发展变迁。起初，圣地亚哥地区是印第安人的故乡，他们生活在南加州一带，这里的土地肥沃，气候温暖，海洋资源丰富，所以，印第安人曾在这里过着耕种、捕鱼、打猎为生的自由生活。其次，随着大航海时代的到来，16至17世纪的欧洲探险家来到了南加州地区，他们打乱了印第安人原有的生活节奏，并对这一地区实行了殖民统治。再后来，加利福尼亚地区因为墨西哥于1821年脱离西班牙统治，而成为墨西哥领土的一部分。然而，由于美墨战争、墨西哥战败，墨西哥政府被迫将加利福尼亚地区割让给了美国。于是，圣地亚哥成了美国领土的极西南角。此外，随着美国大基建时代，横贯美国大陆的桑塔弗铁路的开通契机，南加州因种植业、交通运输业而迅速繁荣了起来。数以千万来自不同国家、不同种族的人们来到了这里，并将南加州变成了一个不同文化和生活方式的大熔炉。最终，也在这样的时代背景之下，加利福尼亚州的人口和经济逐步发展成为美国排名第一的州。

之后，我们来到的圣地亚哥巴比利亚公园，其以自身多样风格的形成原因见证了那一时期的时代发展。我们眼前的这座巴比利亚公园始建于1910年，它位于圣地亚哥市的北区，被誉为美国最大的城市文化公园。当我们步入园区时，就能直观地感受这座公园采用了欧洲文艺复兴时期的建筑和花园样式。不同于我们之前在美国西海岸的城市所见，这里浓厚的古典文艺风格扑面而来。接下来，观察着这种混合型建筑风格，我发现其中既有西班牙文艺复兴的气息，也有美国西南部本土建筑的风格，同时两者相互映衬，将这座花园的舶来文化与本土意味融合一体。据说，这座公园有15座不同主题的博物馆，略微遗憾的是节假日当天不开放。然而，我们虽然参观的是博物馆外观部分，但就外观的品读也是目不暇接的享受。行走其中，棕榈树枝影婆娑，阳光透过树影，斜照在古典建筑白色大理石的外立面上，散发着古典文艺的尊贵感。此外，公园中多个骑士雕像和长方形水池，仿佛将自己再次带回了遥远的欧洲，这就是巴比利亚公园将文化与自然融合，文艺与植物互动的建造特点，着实是一个人在轻松、愉悦自然环境中探索文化源流的好去处。

与此同时，当我们走入巴比利亚公园的玫瑰园、热带植物温室、沙漠公园和仙人掌花园时，我还体会到了美洲大陆的更多自然神奇之处。我在仙人掌花园，看到了当地的圣地亚哥仙人掌，它们的平均高度足有1米，这是因气候而有着非比寻常的身量。其次，我发现这类美洲仙人掌的刺疏离而坚硬，与我们常见的细密软刺不同，它更便于当地人日常取食。据说，世界上可食用仙人掌的产地正是美洲，且这种仙人掌开花时异常美丽，同时果实不仅汁多饱满，而且极其甘甜。我想这就是自然对干旱地区"天无绝人之路"的一项植物恩赐了。在观赏了特色的仙人掌花园之后，我们走入了巴比利亚公园的玫瑰园。玫瑰的娇艳和独立，似乎也为这座花园增添了中心思想。我注视着眼前美丽的各种玫瑰花朵，体会着这种象征爱情的花卉作为欧洲人的挚爱，即便远渡重洋，它们也要被播撒在其他土地上获得新生。就在欣赏玫瑰园的时候，我突然有点想家，一来此行美国时间较长，二来满园的玫瑰让我想起了我的家乡西安有一处"牡丹苑"，其中也汇聚着30多种牡丹。从春天的"魏紫、姚黄"，到初夏的"二乔、洛阳红"，以及盛夏的"豆绿、杨妃""赵粉、花魁"，它们各美其美，还有着各自来历和嫁接方法。

于是，整整一园子的牡丹，常年来花开两季，香飘万里！此时，虽然我远在万里之外，欣赏着从"刺玫花"到"香槟"，从"路易十四"到"大马士革"，还有"卡罗拉、法兰西"等各式玫瑰，但心中忘不了牡丹。我想是因为欧洲的玫瑰与我们国家的牡丹，都早已融入各自民族的精神品格中去了。

之后，我们继续走在偌大的巴伐利亚公园中，并在大树下的座椅上休息。此处，两位年轻的美国女性正逗着推车中的小女孩，小女孩粉嘟嘟的小脸，蓝色、清澈的大眼睛，以及白皙、弯曲的小手正索求地抓向大人手中的玩具。我抬头看着巴比利亚公园中的大树，感受着整个上午的公园体验，是美国之行中又一个温馨、自在的时刻。稍后，我们缓步经过了一片野罂粟花丛，来到了公园内的一处露天餐厅，餐厅门口摆放着满是多肉植物、花草和铁皮玩偶的推车，左右两边是两个木结构的亭子，亭子的顶部爬满了绚烂的紫色三角梅。我们简直是坐在花丛中用餐，安静地品尝着具有南加州风味的美式牛排。惬意地用餐后，我们观察着餐厅外一圈拉着手、围成圆圈跳舞的墨西哥人和中国游人，虽然肤色、语言、文化不同，但欢快的舞蹈节奏和友好的邀请动作，还是让我们感受着边境墨西哥人日常生活中的乐趣。

结束了巴比利亚公园的参观，我们向着下一个目的地圣地亚哥军港而去。这座著名的圣地亚哥军港，是美国西海岸重要的天然良港之一，拥有两栖作战的基地和设有海军航空站，

137

也是美国海军第三舰队司令部的所在地。当我们到达军港停放"中途岛"号的岸边时，我发现时代发展和城市园林景观早已充分融入了这里，这是一处有木栈道、军港公园、栏杆和绿树的旅游参观胜地。同时，矗立在军港公园中的《胜利之吻》雕像，也很受游人青睐。我们眼前这艘已退役的航空母舰"中途岛"号，可是美国海军历史上服役最久的航母之一。这名航母界的"优秀员工"，自1945年下水服役，曾经历了风起云涌的二战、越战和"沙漠风暴行动"。可以说，它就是美国海军发展的一部活历史。另外，它还值得骄傲的，是一艘可携带最多活塞式战斗机的攻击型大航母。我看着眼前这艘曾经身披战争光芒，此刻宁静停泊的它，巨大的身躯占据了我眼前航道的一半宽度。此外，航母上高耸的雷达系统也标志着它的技术含量，宽大的甲板已成为游人瞭望军港的最佳位置，而我需要前后跑动300米才可以将它庞大的身躯，以不同角度收入到我的相机里。

其实在美国的数次战役中，"中途岛"号都曾是航母舰队的绝对主力，它能够对数百公里内的敌对目标实施搜索、追踪、锁定和攻击。对于航母这类军事武器，我认为它既满足了现代战争开辟独立海上战场，全天候、大范围、高强度、长时间的连续作战需要，也成为人类征服海洋和科技进步的重要象征。我一边回忆着自己脑中的军事信息，一边赞叹眼前的庞然大物——它很威武。通过翻查资料，我们得知美国已有11个航母舰队，作为海洋性国家，美国在海洋治理能力及实施战斗

打击能力方面，跟内陆国家相比确实走在了前列。此外，我也想起自己曾参观吴淞口海军基地的感受，出于为辖区内海军兵力提供战斗、技术和后勤保障的需要，我在吴淞口海军基地中看到的多是扫雷艇、驱逐舰等工作舰艇。对比圣地亚哥港的舰队司令部主要职责是维护海洋权益和安全防卫，军港中的核动力潜艇着实令人兴奋，无疑也是世界军事迷们的圣地。同时，我相信坚定走科技强军路线的我们结合内陆国家作战和军事侧重的发展需要，一定会不断经历时代科技强塑，并持续向前发展。

　　之后，我们顺着人流来到了军港公园中《胜利之吻》的雕像前，这组彩色雕像十分高大。雕像中一位身着水兵服，头戴海军帽的士兵，正在深情拥吻着一位白衣女护士。据说，这是一个发生在日本宣布二战无条件投降时的真实场景，一场在纽约时代广场举办的纪念战争胜利的庆祝活动中，一位饱经战争的服役海军激动之下，亲吻了参加纪念活动的白衣女护士。而一位参加纪念活动的记者抓拍了这个瞬间，从而这张照片流传在世界范围内有关二战的主题。回想二战期间，美国本土虽未遭受战火荼毒与毁坏，但有1300万美国人直接参战，美国累计动员参军人数达到了2000万人。所以，二战胜利后，美国确定了每年8月14日，以数百对男女在纽约时代广场前重现"胜利之吻"来纪念战争结束，传达对和平、浪漫、自由生活的向往……

我们走在圣地亚哥军港的海边，我感受着这座城市独特的海洋气息，这个海港城市充满了故事和记忆点，我想听听二战老兵讲述他们的战斗经历，也看看大海神奇的治愈魔力。回顾十多天的美国之行，感谢所有的相遇，无论是我在美国东海岸看到了前列的城市发展形态，还是在辽阔的美国西部地区感受到的历史真实的一面和粗犷的西部风景，它们都对我了解这个国家大有裨益。

第四章

大洋上的大洋洲

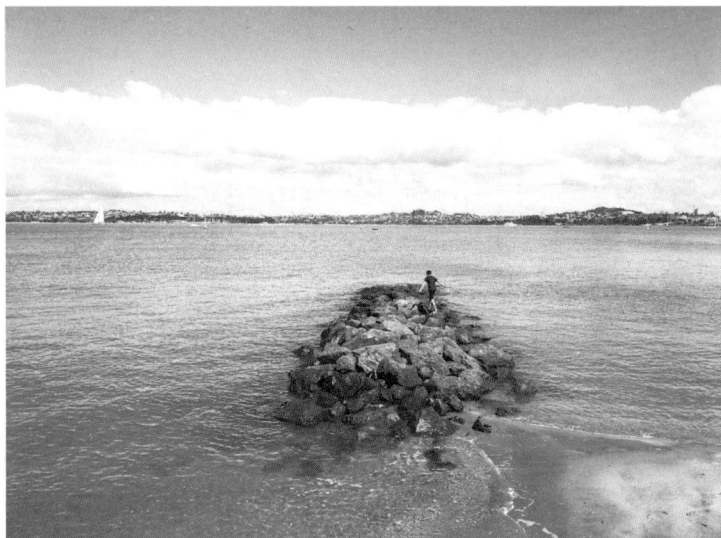

穿越"中土世界"

　　几年前的十一假期，正处在深圳初秋与夏末的交替时分，气候逐渐变得干燥，气温冷热不均，早晚温差加大。我们计划在这个假期飞往大洋洲，去感受一下新西兰和澳大利亚两国的自然风光。但是出发前还安排了朋友相聚，可谓是忙碌的假期。深圳就是这样，平时大家都有各自忙碌的生活，我们虽然同在一座城市、时常通微信，但也只能在假期中难得畅谈。那天的话题，有些沉重，除了各自工作和生活的近况，谈话中感受人到中年在各自的轨道上，颇有一些不得挣脱的束缚感，同时相聚的饮品店冷气没有根据时令调整，所以，我的旅程还未开始，却已有了呼吸道感染的症状。只是，考虑到接下来四季度繁重的工作，所以明知身体不爽利，但还是抱着侥幸和被旅行治愈的期待，动身出发了。

　　通常，深圳飞往奥克兰的航班多是在黄昏起飞，经过12小时在次日清晨抵达目的地。由于南北半球季节完全相反，此时10月初的奥克兰正是初春的季节，气温仅在10到15摄氏度之间。我经过飞机上晕睡了醒来、醒来了再晕睡的模式，终于修复了一些精气神，直到飞机降落前的30分钟，我才睁开惺忪的睡眼向悬窗外看去。此时，飞机已盘旋在奥克兰的上空，我眼前是一幅不可置信、从未见过的童话世界景象。蓝色的海面上浮动着绿色的小岛，长白云遍布的天和灿烂光芒照耀下的大地，这里的空气洁净度应该是世界上最好的吧？我这样想着，因为从没见过这样的天空、大海和绿岛。我也感觉自己好像经历的不是飞行，而是时光穿梭，来到了一个传说中的中土世界。原本节前的芜杂感受，瞬间在静美的世界里消散掉了，眼前只有自然的愉悦感跳动起来。

随着飞机慢慢贴近地面，我在半空中俯瞰奥克兰市，从它光亮且色彩饱和度很高的万事万物来判断，它虽然与深圳同是海边城市，但没有雾霾干扰。真的还有这么干净的城市环境吗？我有些诧异地问自己，原来，大洋上的大洋洲，这么美啊。眼前的奥克兰市，作为新西兰人口最多的第一大城市，是我们此行的第一站，同时它所在的北岛也是新西兰的政治、经济、文化核心区，在多个现代标签的复合下，我真没想到它还能像独立在喧闹尘世外的一颗遗珠，既安宁，又祥和，真是"百闻不如一见"了。我还想起一位昆明的好友谈起为什么移居奥克兰时的分享，"只有飞那么远，我的心才能安静下来，只有奥克兰无染的天空和空气，才能让我告别自己的坏脾气，也只有在如此单纯的世界里，我才能想清楚现实生活中的很多选择",此前多少感觉朋友所言过于神奇,如今亲眼所见,感喟果真有心灵疗愈之用。

以往我在观察世界地图时,会认为新西兰是这个世界上最为孤独的一个国家。因为它最早脱离南半球古大陆,大约在1亿年前,新西兰这片面积约27万平方公里的土地,就漂浮在了南太平洋上。与此同时,虽然新西兰目前是一个人口500多万的国家,但在1840年成为英国殖民地前,原有从库克群岛迁徙而来的土著毛利人仅20万左右,所以新西兰还是一个自然环境最为原始的国家,很多原始动植物因它的孤独而存活。于是,它既保存了壮丽的自然景观、优越的自然条件、魔幻的山地风景,也绵延了这些奇特的原始物种。其中,以中古时期哈斯特巨鹰为代表,这是一种有着3米长翼和18公斤重的巨鹰,据考古推断恐鸟、鸵鸟、人类都是它的主食。此外,我们稍后参观所见的新西兰国鸟——奇异鸟,也是一种鼻孔长在嘴上的原始鸟类,它并不会飞,但雌鸟可怀等于自己2/3体积的巨蛋,也是一种非常有趣的古老物种。另一方面,由于新西兰陆地最早与大陆板块分离,所以这里没有狮子、老虎等出现在侏罗纪之后的大型食肉动物,于是新西兰还是近400种鸟类的天堂。

很高兴,我们来到了这样一个孤独而梦幻的国家,带着神清气爽的感受,缓缓拉开了新西兰之旅。此时,我们所在的奥克兰作为新西兰北岛的海滨城市和新西兰国内最大的城市,面积1086平方公里,约等于0.6个深圳的大小;146万城市人口约占新西兰总人口的30%,约等于深圳人口总量的10%。虽然,奥克兰位于新西兰北岛的平坦土地上，但实际上新西兰的地质多为山地与丘陵，并由于人口和开发强度较弱，这片陆地上的原始森林和遍地的湖泊，也让新西兰成了名副其实的无污染绿色王国。此外，优良的山地牧场也让新西兰成了畜牧业王国，它的羊肉和牛奶出口稳居于世界首位。之后我们在新西兰牧场的"放牧"体验中，见到了新西兰绵羊，它们和新闻报道中因不想剃毛而逃走6年的"史莱克"绵羊相似，有着细密的卷羊毛和呆滞、无辜的眼神。

奥克兰的第一站，我们按照通常的游览线路，前往伊甸山，在高处观看奥克兰的全市景观。伊甸山是一座距离奥克兰市5公里外的死火山，由于不再喷发，所以火山口已完全密闭并向地下凹陷，凹陷处的土壤表面已长满了青草，看上去与山体的其他部位无异。虽然，伊甸山的实际海拔仅有不足200米，但它是可以俯瞰这座城市与附近海湾的绝佳位置。我们步行走上了山顶的瞭望台，以360度的开阔视野，环视着奥克兰的城市风景。我们的视线中，近处是附近的村庄和牛羊，远处是城市的房屋与道路，以及一座标志性建筑——奥克兰天空塔。从城市边界上来看眼前的奥克兰，这座城市已与海岸融为了一体，城市虽然体量不是很大，但在伊甸山上的傍晚时分，我们可以看到一幅大都市的山海夕照美景，同时天空的长白云已镶上了金黄色的晚霞光辉。此时，我深感大洋洲的浪漫是与欧洲不同的，它浪漫在自然天成与天高地阔，少了几分人为的赋予，但特别的自然禀赋无与伦比，这是没到过这里的人，仅凭想象难以到达的境界。

此外，相比山上天高地阔的城市盛景，我们在下山途中走过的村庄和街区，则更具新西兰温暖、清新的人文风情。我们沿着伊甸山下的街区前行，街区的尽头是一片干净的海面，一条石头筑成的海堤伸向了干净的海水中间。此时，正有一位年轻男子挽着裤腿，向海中间走去。我抬头看天，便看见了天空上挂着新西兰最具标志性的长白云，那是一长条、一长条铺满整片纯净蓝天的白云阵，在每一条长白云的中心位置都是白色最饱满、浓厚的聚集，并反射着阳光金黄色的光芒。我低头看海，就看到了海中一座密布绿色植物的小岛，蓝色的海水拍打着小岛边际的礁石，迸射出白色的浪花。这些浪花似乎已进入了奥克兰节奏，不急也不碎，静静泛着白，又静静地流回到海中间去。这是一幅村庄、街区与海的温馨组合式情景，与我在东南亚看海时的感受很是不同。我体会着这种像风一样的大洋洲气息，海面、海堤和小岛为城市做了自然喘息之处，同时它与人际之间的尺度因安全感而不显荒凉。

我们张大嘴巴，大口呼吸着海边自由而洁净的空气，我回头看着村庄的街区里积木式的房子，以及街区对面安静、平坦的操场和浓绿、粗壮的大树。我很喜欢这种植物的浓绿色，因为它是被自然养分富养着大地的生命状态，充满了对生命礼赞的高昂情绪。同时，草儿绿得新鲜，树叶绿得油而光亮，它们无不洋溢着生机与灵气，假如像童话世界里那样，大树会变成精灵，那我唯相信在眼前的自然厚爱下，才有这种可能性。我抚摸着油而光亮的树叶，抬起头感叹长白云的天，我才发现原来生活与生存是截然不同的感受。在这里，我体会不到假期前贸易战的喧嚣，也无须深圳快节奏的超能人。在这里，仿佛保留了人与自然、人与人、人与各种生命关系和平共处的法则。来到了这片土地，安宁与美好的不只是风景，还有我们的心情与精神。

奥克兰的春天，晴空里有微风，阳光懒懒地投射在路旁粉色盛开的樱花树上，这是看一眼便能融化你心柔情的树木，这份柔情也像春风一样，弥散在奥克兰大大小小的街区之中。通过此次体验，我便亲身理解了奥克兰在全球最宜居城市评选中，能高居第三位的原因。相比奥克兰安逸的生活，它还是新西兰经济、文化、航运和旅游的中心。作为新西兰最大的港口城市，奥克兰也是南半球的主要航运枢纽和港口之一。同时，分析这一现象的地理成因，我认为新西兰西侧是1600公里之外的澳大利亚，南侧是2500公里之外的南极洲的现实情况，让这片孤独大陆上的海运与航空业，成为其与外界产生连接的主要方式。此外，我发现新西兰航空业非常发达，也是全球人均拥有飞行驾照排名第一的国家，以及如前提到的新西兰国内多为山地和丘陵地貌，所以不难看出铁路与轨道交通的成本相对较高，对比丰裕的海岸线资源，海运的优势则更为明显。与此同时，奥克兰位于南纬37度，地处中纬度温带地区，从气压带来看，奥克兰常年受到西风带控制，这也为它成为世界"帆船之都"，打下了强劲风的基础。

于是，我们在奥克兰的旅行之中，也安排了一个下午的时光在肯威尔公园和游艇码头及帆船上度过。当我们在公园游览时，出于奥克兰春天多为雨季、草木生发可能会有蛇存于草地和树丛之间的顾虑，并不敢轻易走入公园的深处。然而，探究新西兰人爱打赤脚、放飞自我的生活习惯，我们竟意外地发现新西兰还是一个全境没有蛇的国家。这是由于新西兰境内火山频发，火山灰中含有的大量硫黄不利于蛇的生存，同时新西兰的法律也是禁止将蛇带入国内的，如此便成就了一份安全的休闲环境，这也是相比之后我们在澳大利亚公园游览中，感受略为不同的一点。随后的两天时间，我们还前往了奥克兰市中心的皇后街、闹市区的商店和广场，听到了这里有趣的风土人情。比如，城市村庄中的自建房多是木头做的，当地政府并不限制房屋的外观颜色，所以你想多童话都可以，于是我们的确看见了不少粉色、黄色的木屋，同时这些木质结构的房子，在搬家时可以直接拔起由卡车运走。这种整体搬家的形式，其实很像古建筑搬迁时不得不采用的整体保护手法，然而对我们来说，应用于日常还是颇为新奇的。

亲身体验了奥克兰生活之后，我认为一阵新鲜而自由的空气，一份可以舒展生命的安宁是这个国家与城市非常有吸引力的地方，也给予了我上呼吸道感染不药而愈的疗效。然而，相比奥克兰的自然风景，新西兰南岛的风光和南阿尔卑斯山的四季美景，是更能代表新西兰清新和美妙的标志。据说，新西兰的土著毛利人，会称新西兰南岛为Te Wai Pounamu，就是"绿玉水"的意思，如此可见，新西兰的南岛是有多么美。实际上，南岛虽然多山，但无论茂盛的雨林、清澈的湖泊，还是绿草茵茵的山坡，或水清、沙白的海滩，都是世界顶级的优美风光，它们无疑是大自然滋养人类物质与精神的神奇养料。就像当我们此行遇见新西兰诸多美景、美好与新奇时，内心有不忘感恩自然的悸动；当我们品读新西兰人崇尚自由，热爱自然，不储蓄爱休闲的人文价值观时，也更理解了冲浪、徒步、探险等高质量生活的意义。同时，相比出发前周遭困于束缚、略有压抑的感受，唤醒了我对尽情生活的启发性思考。

不得不说，新西兰是我走过的国家之中，自然风光最美的国家，它是真正的世外桃源。我想"新西兰"很可能会像"凡尔赛"那样，也会逐渐成为人们一种特定生活方式的代名词。

踏上女王的"北领地"

结束了新西兰的自然之旅后，我们便开始向大洋洲的另一国家——澳大利亚进发。澳大利亚素有"坐在矿车上的国家"之美称，由一块漂泊在南太平洋和印度洋之间的孤独大陆岛和周边的岛屿共同组成。在这些周边岛屿中，与澳大利亚大陆岛关联紧密的是塔斯马尼亚岛，它与首都堪培拉、维多利亚州首府墨尔本隔海相望。除了清晰的国家轮廓，澳大利亚还是一片地表起伏和缓的大陆，它的平均海拔仅有300米，同时岛上地质形态分明，自西向东是高山、平原和大分水岭山脉。我们此行将从澳大利亚东南部登陆，首先前往墨尔本、悉尼两座城市。其中，以悉尼为例，它的城市南部为略微起伏的低地，北部是丘陵，西部有平缓的丘陵向蓝山过渡，而蓝山正是澳大利亚大分水岭的分支。如此平缓的地势，便成就了悉尼成为工商业城市和经济中心的地理条件，于是悉尼既是澳大利亚的第一大城市与港口，还是一座美丽的山海之城。

　　此外，相比悉尼，我们在澳大利亚文化、艺术与工业中心，也是南半球最负盛名的文化名城——墨尔本，体会到了更具当地文化的城市体验。同时，在这份体验中，充分感受到了凝聚在这片土地上的原有文化和记忆。首先，我们参观了墨尔本市中心的菲兹洛伊花园的库克船长小屋。这座著名的小屋，曾是建于1755年、原址在英国的库克船长故居，于1934年澳大利亚维多利亚建州一百周年之际，由格里姆韦德爵士购买并赠送给了墨尔本。它由原址拆卸，再在新址组装，所以眼前的这座库克船长小屋，也算是18世纪的历史建筑。它有着简单的红砖立面，两间面积不大的小屋，采用了英式尖顶和烟囱的建筑外观，墙体上的绿色爬藤，还带有一丝悠久的原乡气息。

　　相比小屋的建筑，它的主人库克船长才是重点。那是18世纪上半叶，当世界地图上太平洋南部还是一片空白时，欧洲人就猜测那里应该有一片大陆，虽然西班牙、荷兰航海家都曾发现过这片大陆，甚至登岛但又很快离开，所以欧洲人将这个想象中的大陆定名为"南方大陆"。而后1769年，库克船长作为英国皇家海军军官，接到了一项测量任务，第一次带领船队驶入了澳大利亚东部海域，并在次年4月标记了这块海岸和大陆，将它定名为"新南威尔士"。此外，由于需要带回英国3万种当地的植物标本，所以库克船长将首次停靠的港湾定名为"植物湾"，并将距离植物湾以北15英里处又发现的一座海港，以当时英国海军部长的名字来命名，即曾经的"杰克逊港"，今天的悉尼港。所以，也不难看出悉尼的第一大城市由来，也有赖于历史悠久。同时，库克船长作为航海家、探险家和制图师，还让这片距今4万年前就有土著居民繁衍生息的古老大地，从史前时期进入到文字记载时期。

另一方面，当这位库克船长宣布已发现的海岸和土地属于英国之后，这片古老大陆与英国的社会发展便紧密联系在了一起。我们漫步在菲兹洛伊花园宽大的草坪上，我还想起了这位著名的库克船长曾带领船队成为首批登陆夏威夷群岛的欧洲人，并实现了欧洲船只首次环绕新西兰的航海纪录。此外，作为近代世界航海史上的优秀代表人物，他的一生经历是可圈可点的。只是，那时的英国因为工业革命，机器代替了人工，社会失业率居高不下，从而引发了一系列社会问题。面对各种犯罪和社会暴动，英国政府采取了极其严苛的法律手段，一时间监狱和囚犯已经多到无以复加的程度。出于缓解本土的关押压力、减少盖监狱的财政压力的目的，以及美国独立后，英国不再向北美殖民地流放罪犯的现实情况，英国政府开始思考新的流放地。

于是，1787年，英国船队首次带着700多名流放罪犯经过漫长航行，来到了澳大利亚，从此开始了英国人在这片土地上的生活轨迹。随着这批人的土地耕种与劳作，英国殖民区逐渐发展了起来。此后，英国源源不断地流放罪犯，以及伴随对澳大利亚资源的逐步了解，例如松树和亚麻在18世纪对海军战略物资的重要性和澳大利亚东岸、西岸陆续发现的黄金，于是以流放犯人为导入人口，释放后实现自由劳动力的转化，再结合当地加工生产，英国对澳大利亚完成了"流放加海外殖民"的发展模式。这也是我们在游览墨尔本市区时，会经常看到奇怪建筑组合的原因了。那是在墨尔本的很多街道上，我们会看到教堂和监狱比邻，有的甚至仅一墙之隔。据说，这就是因大量刑满释放人员需要走进教堂忏悔和祷告，所以提供惩罚与救赎功能的建筑体——监狱和教堂经常孪生出现在一起。此时，我感到历史就像一双神奇之手，不经意间为我们留下了这里特殊的地域历史与文化现象。

而有关墨尔本的教堂参观，我们是在一个明媚阳光照耀下的中午，走向了圣保罗大教堂。它是一座建筑上部有三根尖塔的英式教堂。当我们走上教堂前甬道，几段小型的水景间隔，有利于步行到达教堂的游人体验。我看着这座出自英国建筑师威廉·巴特菲设计的作品，它建造于1891年，也是这个城市中的百年建筑，还是墨尔本市区内最著名的建筑之一。当我们走近参观教堂的外观时，我发现它们以蓝石砌成，墙壁上还雕刻着精细的纹路。我在蓝石砌成的教堂外墙下，仰望着教堂上方的三根尖塔，环视着围绕教堂前的广场，欣赏着春天阳光投射下来的光彩。之后，我们走进教堂，我看到金色的阳光透过欧式高大的拱形窗户洒落在教堂的空间中，一排排整齐的祷告座椅，长长的一条由教堂门口通往讲坛的走道，整个空间中充满了信仰和理想的金色光芒。

在墨尔本的旅行日程中，除了大部头的历史文化参观之外，我们还前往了皇家植物园。站在植物园的中央湖边，眼前优美的风光让我联想起18、19世纪的欧洲贵族们在这里聚会的场景，相比阴冷、潮湿的英国老家，我想澳大利亚温暖、灿烂的阳光，会带给他们更多舒适的体感。此外，当我们坐在湖边长椅上，享受着春日下午阳光暖热的照射，静谧逍遥的环境中，可感受着开阔与自由的新天地。此时的植物园内，基本没有游人，仅远处的两位亚裔女子在拍照，我从她们的五官和服饰来判断，很可能来自泰国或印度尼西亚，其中印尼与澳大利亚更具距离优势，实际上很多印尼富人都曾将子女送至这里留学，这种传统至今依然盛行。

离开了湖边，我们向植物园深处的桉树林走去。澳大利亚作为桉树的原产国，桉树也是自然对这片土地的一大馈赠。首先，由于桉树的耐腐性较高，所以适用于工业中建筑、枕木、矿柱、桩木、电杆等用途，也是现代化城市发展的栋梁之材。其次，桉树有自然脱落树皮的生长习惯，以桉树皮制浆和生产的牛皮纸、打印纸都十分耐用。此外，桉树干的纤维素除了可以制浆外，还可以再加工成人造丝，可谓浑身都是宝。另一方面，桉树叶还有祛风、镇痛等功效，一经提取便可成为桉树油，广泛应用在清凉油、精油、防虫剂等日用品中；在我国傈僳族、畲族、德昂族、苗族等少数民族的药典中，还有更多古法记载和经久应用的良方。

然而，有所遗憾的是虽然皇家植物园中有大片的桉树，但我们没有看到澳大利亚神奇的国宝考拉。此行澳大利亚，我是很期待遇见这种有着黑色玻璃球般晶亮的眼睛，鹰一般黑色的喙，还有一对毛茸茸的圆耳朵的树袋熊。据说，它们的毛皮既厚又乱，但性情温顺，憨态可爱。于是，只好把这份小小的遗憾一同带上，踏上之后前往澳大利亚北部昆士兰州的行程，据说那里是更加原始的澳洲风情，也是很多动植物栖息的场所。

"哇，这里的蜥蜴这么大？"这是当我们第二天到达了昆士兰州布里斯班市后，在南岸公园中看到的景象。草丛中快速移动的生物，是一只壮实得像只猫一样的大蜥蜴。它们寄居在公园暖湿的草丛之中，由于身体的颜色和草丛相近，所以往往是它们拖着长长的尾巴一闪而过时，才会被我们注意到。它们通常有着血红色的眼睛，就是这样不经意的一瞥或对视，就能带给我原生态的莽荒感，和一阵来自头皮的发麻。我观察着身边的当地人，他们似乎习以为常，当与蜥蜴狭路相逢时，彼此都显得很平静。然而，大蜥蜴的出现还是让我收敛了在新西兰时的放松并提高了警惕，因为澳大利亚还是南部棘蛇的故乡，而这种蛇被称为"死亡蛇"，作为世界十大毒性最强的蛇之一，并专属于澳大利亚本土的特有品种，我的确不知道接下来会不会不期而遇。

而南岸公园的对面，却是一幅繁华的城市商业街景，布里斯班作为昆士兰州的首府和澳大利亚的第三大城市，是享誉世界的旅游度假胜地；昆士兰州不仅拥有世界最大与最长的珊瑚礁群——大堡礁，还有着"阳光之州"和"世界各地旅行爱好者的天堂"的美称。此刻，晴热和临海的气候为我们带来了舒适感，漫步在公园中，我们体会着昆士兰州的亚热带、热带气候有着天然成就旅行爱好者的美意，也成就了不少主题公园和国家公园，比如女王花园、维多利亚公园都是当地的旅行之所。与此同时，我们发现公园角落中，有一座小小的印度庙建筑。这座印度庙，一改传统多级塔檐和浮雕的造型，以全黑木质风格形成了通风、采光的亭式建筑，然而亭子木质门头上，依然雕刻了印度教湿婆和生殖题材的各种印度教图案。这处印度庙的出现，引发了我对澳大利亚与印度的历史联系的思考。实际上，澳、印两国在实现国家独立之前，都是英属殖民地，两国现在也是英联邦及东盟地区论坛的成员国。如此，在过往两百年间，政治、经济、国防、文化上的交流都有可能形成较强的联系。据说，在悉尼去往卧龙岗的途中，也有一座精美的印度教寺庙，同为澳、印文化交流的历史见证。

同时，正如我们脚下的昆士兰州，原文是"Queensland"，音译为昆士兰，意译则是"女王的北领地"，用以纪念英国维多利亚女王。之前，我们走过的墨尔本所在的维多利亚州，也是以这位女王名字来命名。通过翻查资料，我发现以维多利亚命名的地区、城市、港湾散落在世界各地，比如加拿大不列颠哥伦比亚的省会、塞舌尔的首都、巴西圣埃斯皮里图州的省会、西班牙阿拉瓦省的首府以及中国香港维多利亚港湾，南极罗斯海与罗斯岛之间的冰雪大陆。通过这些保留下来的命名，不难看出维多利亚女王曾是世界殖民体系的代表性人物。这位长期受自由主义熏陶的英国女王，在其执政的64年中，既完成了英国殖民扩张的步伐，又将英国的自由资本主义发展推到了顶尖阶段，新航路的开辟和资本主义革命都有其进步意义，但带给殖民地的侵略、掠夺和压迫是严重的剥削和不平等。同时，殖民地文化作为一个历史发展的产物，也在我曾走过的亚洲部分地区、美国以及如今的澳大利亚，都还遗留着不少遗迹和历史线索。

之后的三天时间里，我们从布里斯班继续向黄金海岸进发。一路上，车辆缓缓地行驶在昆士兰广阔的土地上，我们欣赏着路边高大的伞木，这是颇具昆士兰州代表性的植物，它们的叶片阔大但柔软下垂，树冠似伞状，整体植株的形态优雅、轻盈。此外，在我们到达的10月，刚好是布里斯班蓝花楹盛开的季节，这种高大开花型灌木，将整座城市萦绕在浪漫的蓝紫色中，就像在绿色的草地上，一株盛开的蓝花楹便足以将这一片空间装点成一个美轮美奂的世界。此外，我们越往北部进发，就越惊喜于来自眼前的亚热带风情，对比墨尔本早晚温差较大的温带海洋性气候，我的上呼吸道感染遭受了反复，但在温热的昆士兰州，终得以痊愈。

我们再次领略阳光亲切的关爱，蓝绿色清澈的太平洋海水推起一层层白色的海浪，向城市边际的黄色沙滩涌去。我们开始进入了白天在海与海岸观光，夜晚享受自助餐和散步的休闲节奏。相比海上项目体验和游船参观黄金海岸的尊贵别墅，我认为住在大森林一般的酒店里，是更有吸引力的。这座酒店的客房被环抱在大树之中，大树也自然地形成了私密的物理屏障，我们走在园林的石子小径上，两旁是低矮的围墙和围墙上随手可以摘下的鸡蛋花。每个用完晚餐的夜晚，都是非常值得期待的时光，园林中的伞木和鸡蛋花树，散发着淡淡的乡村气息，散步时能听到的虫鸣，也是来自夜晚的喜悦。相比欧美两地的酒店，澳洲酒店普遍在客房尺度上，将度假所需的安全感和自然的舒适感结合得更好一些。所以，我认为虽然澳洲是欧洲文化的再版，但得天独厚的环境又蕴含了它另一番自然、宽绰的风情。

实际上，澳大利亚的优厚自然条件，以及国土面积769万平方公里、全国人口仅2570万的人均资源占有量，同比世界其他国家处于领先地位，而这些也成了澳大利亚的移民吸引核，使其有着居高不下的移民率。以我们所在的昆士兰州来看，当地的矿产、能源资源丰富，州内的家庭不需支付电费，并且太阳能等能源设备均由政府赠予及安装到位。此外，这里的年带薪假期可多达112天，所以在黄金海岸的沙滩上，我们看到了很多自由行走和享受日光浴的当地人，他们拥有充分的时间冲浪、垂钓、出海，并变为了生活日常。但另一方面，也是由于澳大利亚的人口稀少，国民生产总值及服务业发展都遭遇了瓶颈，日常生活对个人生活技能的多面性是一项挑战。

通过几天澳大利亚的旅行体验，我们交流着对布里斯班、黄金海岸、悉尼、墨尔本等地的心得和感受。我甚至感到在昆士兰路过的每一个小镇，都好像很有故事，每一条弯曲的公路，都好像还有远方。偶尔行驶过这里的乡村路口，我的脑海中也会不由得浮现电影《廊桥遗梦》的小镇街景，似乎在阳光、自由而飘逸的生活下，还有着不为人知，但鲜活、传奇的生活故事。昆士兰州，相比澳大利亚东南部的城市群，有着更多的想象空间。我也在阳光下遥想17世纪的库克船长，是否也曾邀请英女王来"南方大陆"澳大利亚走一走，那时的英女王，是不是也一边听故事，一边看着地图上的标线，就像历史记载中元世祖忽必烈那样，听着马可·波罗讲欧洲的故事，既全神贯注，又为之神往。

随着自己脑海中闪现的一幕幕画面，我发现在昆士兰州的几天旅行，是一场心灵的舒展与自然的回归，奇妙而又治愈的魔力之旅。

第 五 章

辉煌的非洲大地

金字塔的历史回响

　　由于四年前的新年伊始，土耳其正处于战争中，所以原本计划了两年的土耳其之行，最终不得已改道前往非洲东部的一角、连接欧亚非古老文明的埃及。同时，我们带着没有得到想要的，一定会得到更好的希冀，预备了更远行程所需要的衣物，推着更大体积的旅行箱，从广州花都机场出发，经转迪拜，再飞往埃及的首都开罗市。在经历了一系列"飞行—睡眠—转机—机场停留"的组合节奏后，伴随着生物钟的昼夜颠倒，我们终于抵达了非洲大陆埃及的第一大城市：开罗。

　　当飞机盘旋在开罗上空时，我就在俯瞰这座城市了。眼前是密密匝匝的房屋，城市近郊的农田与河流交织罗布，此时的夕阳斜照为开罗戴上了金色的滤镜。它是一个看上去很大，并且很古老，同时应该聚集着很多人口的综合性大城市，这就是开罗给我的第一印象。这一印象，预示着我们虽然无法体会肯尼亚动物大迁徙中自然与野性，也不能感受摩洛哥蓝色幻彩

163

的异域风情，但此行埃及很可能会是一次意外与惊喜交织的旅程。就像我们到来之前，完全想不到在非洲大陆上有着如开罗这般体量的城市，它有堪比北京五环之大的城市轮廓，并在城市环境和尺度上给予了我像飞临广州上空一样的紧密感。开罗，作为非洲最大的城市，拥有近2000万人口，占据了埃及人口总量的四分之一，并且在这些意外发现之中，我开始寻找开罗这座"沙漠古都"的建城发展，以及它的历史契机。

当我们走出机场，便回到酒店开始了休整，此前一夜加半天的飞机对于我们来说是个不小的考验。但由于时差，开罗时间比中国晚6个小时，所以在经历超长一天的30小时时光中，休整只能是小憩和打盹，真正的倦意和乏力无法释放出来。庆幸的是，虽然带着倦意开始了游览，但接下来的吉萨金字塔区，却是充满开拓自身认知的惊喜；令我相信原来除了中西方文明之外，地球上还有如此盛大辉煌的古文明遗迹。当我们前往著名的尼罗河西岸"死人城"的吉萨金字塔区时，首先了解和掌握了"死人城"这个概念，它也是如果我不来埃及则完全意想不到的事物。根据古埃及人古老、原始的太阳崇拜，他们按照一天中太阳升起与落下的轨迹，形成了对生死的哲学逻辑。古埃及人认为，尼罗河东岸是太阳升起的地方，作为他们的日常生息场所，将之称为"活人城"；再根据日落在尼罗河西岸的对应性，将尼罗河西岸视为死后安放陵墓和复活之地，称之为"死人城"。所以，以吉萨金字塔区为代表的金字塔建筑群，便在埃及古王国及中王国时期，聚集和出现在了尼罗河西岸，并形成了今天的壮观景象。游览这一地区，便可详细走进古埃及文明中的辉煌阶段。

其次，当我们行驶在开罗时常堵车的街道上时，我观察着开罗的城市基建情况。开罗市区的道路多以水泥、砂石、路灯等基础配置，少有绿化隔离带及高架桥。从城市立体交通布置来看，它会是一座平面交通压力较大的城市，所以堵车时有发生。这也形成了埃及司机的两个普遍特点，一是将车子开的缓慢，避免急刹，二是开车途中多以长时间打电话打发堵车时间。此时，我看着车窗外的开罗市区，它虽然没有高楼大厦的都市崇拜，但也没有摆脱密密匝匝的古城布局。我们通过与当地人交流，得知这是由于埃及人不喜欢住高楼，只有政府开发的沙漠新居住点才会有高楼建筑。同时，开罗市区的老房子是由家族传承下来的，所以土地及资产私有化，使得开罗人习惯于世世代代居住在相同的土地及房屋内。所以，我们也发现了道路两边的建筑外观并不协调，据悉即使埃及政府也无法干涉私人房屋的外观美观问题，这是由社会制度带来的城市统筹痛点。而对于我来说，这是一个意外收获的城市规划认知点。

我们乘坐的车辆在走走停停之后，终于在接近日落时分，来到了尼罗河西岸的金字塔景区入口。通过了安全检查，我们便来到了一大片砂石广场上，此时广场的前方就是举世闻名的埃及胡夫金字塔。我们跟着当地导游走近了胡夫金字塔，近看这座金字塔足有一山之高。据说，它也是埃及112座金字塔中最高、最大的一座，整体高度有146米，金字塔底部的基座长度约为220米，是一座尖顶塔形的石头建筑体。通过翻查资料，我们得知建造它则采用了250万块之多的大大小小石块，同时大的石块可达2到3吨的重量。坚固的石头质地是让这座金字塔历经了4700年而依然健在的主要原因之一，但事实上，由于金字塔的表面常年经受风蚀，已风化掉了1到1.5米的整体厚度。我们登上金字塔底部的基座，亲手触摸它的外观，这种风蚀风化的表面，仿佛让我更能体会它的历史悠久和埃及古王国时代的气息。同时，据悉考古学家还发现古埃及的112座金字塔的大小体积，与金字塔作为法老的陵墓，和法老的执政时长有着紧密的正相关关系。通常情况下，法老都会从他们的继位时间起，便开始建造属于自己的金字塔，直到死亡时停工并入葬其中。所以，一般来说，法老的在位时间越长，金字塔的体积也就越大。此时，从我们眼前这座胡夫金字塔来看，它曾由10万古埃及人，耗费32年的时长建造完成，这也说明了胡夫是埃及古王国的历代法老中，执政时间最长的一位。

同时，根据建筑施工原理与经验，让我想起了一个有关金字塔如何才不会烂尾的技术疑问。试想，如果法老在金字塔建成之前死亡，那么金字塔会不会是没有完工上部尖顶的烂尾状态。试想，在王朝更替的过程中，前朝的法老如何保证后代法老愿意出资及花费精力完善自己的陵墓，这个历史可能性究竟会有多大？之后，我们通过反复观察所见金字塔都是完整的状态，仅存在大小相异的现象，以及与当地导游进行了问题交流。随之而来，我们听到的答案也完美开启了我对古埃及文明的赞叹。当地导游颇为自豪地向我们介绍，金字塔的建造并非按照常规理解的方式进行，古埃及人并不采用上下单一建设的顺序，而是按照完整建筑体的周长建设，也就是说，我眼前的这些金字塔，都经历过一个先建造出一个小的金字塔，然后再不断包裹、外扩、叠加到扩大建设规模的实施过程。这样的建造方法，有利于保障每一位法老死亡时，都可以实现一个完整的金字塔陵墓。我一边感叹着这样的建筑智慧在现代也许并不为奇，但它出现在距今4700年前的古埃及，一边发自内心地惊叹古埃及人是富有创造性的人群，它们将金字塔这样的独特建筑与建筑智慧，贡献给了世界！

当我们绕行金字塔一周后，再次伫立在金字塔面向广场的这一侧，我看到了金字塔外观上有一处三角形的墓道石门。据说，它是盗墓者留下的痕迹，如今已成为胡夫金字塔的标志性记号。与此同时，金字塔中到底存放着怎样的法老尸身与陪葬品，也吸引了我们的好奇心。于是，埃及之行的最后两天时光，我们再次返回了开罗，并参观了埃及国家博物馆。从中详细了解到，实际上金字塔的内部空间是很宽大的，这与中国陵墓有着相同之处。同时，金字塔中最主要的存放品是法老的木乃伊，古埃及人认为身体是灵魂的容器，制作木乃伊是为了给死者的灵魂复活保留容器而从事的一项尸体保护性实践活动。

通常，木乃伊的制作会遵循一套严密的医学处理流程，是为了解决古埃及人将尸体直接埋入沙子，沙子可以吸干尸体水分，而进入金字塔丧葬阶段后，棺椁无法去除尸身水分而腐坏的问题。所以，法老的木乃伊通常由麻布包裹，同时取出内脏，将胃、肠、肺、肝四样内脏分别装在四个罐子里，摆在法老墓室东西南北的四个方向上，而在古埃及的第一王朝到第四王朝时期，通常会将掌管法律和秩序，也被视为法老守护神的鹰神的四个儿子的形象雕刻在保存法老内脏罐子的盖子上。此外，法老的亲人或生前陪伴法老的动物也会被制成木乃伊，保存其尸身以备与法老复活时一同回归。当我们详细了解木乃伊的用途后，我终于不再恐惧那些木乃伊的出现了。另一方面，根据埃及国家博物馆展出的金字塔陪葬品，我们体会了古埃及法老认为现世生活短暂，与死后世界才是永恒的独特人生观。以及我认为在这样的特殊认知下，法老死后需要巨大的如生空间，并以大量随葬品来复刻其生时的现实生活，才是金字塔存在的根本原因。

稍后，我们在胡夫金字塔边，还发现了一处遗址，当地导游告诉我们，那是修建金字塔的古埃及工人曾居住的场所遗迹。虽然，它们相比眼前辉煌的金字塔，仅是黄色的断墙和残破的建筑体，却更像是历史真实的存在，也正是因为它的存在证明了金字塔这项古埃及的人工智慧与人工奇迹，并非外星人的作品。我们静静地走过去，坐在石块堆垒的半高墙体上，我迎着尼罗河西岸干燥的热风，捕捉着折射在胡夫金字塔上的每一束夕阳日光。此时，通过实地感受，我意识到了尼罗河西岸的干燥热风，以及沙漠高温蒸发了湿度的环境，也是金字塔得以保存了近五千年不朽的真正原因。

在详细游览了胡夫金字塔之后，我们向胡夫金字塔的后方区域探索和延伸。一路上，我们路过了哈佛拉金字塔，来到了门卡乌拉金字塔前的大沙漠之中。此时，黄色的细沙吸引我们轻轻地坐下，眼前是远处的金字塔，沙漠上空偶尔飞起的雄鹰，以及阳光在我的视线前跳动。此时，沙漠炙烤的热力，很快就传导到了我们身上，然而这个时间点恰好是中国的冬天，北方飘着雪，南方下着雨，而我们所在的埃及，气温还是20摄氏度左右。这样的沙漠休闲时光，也包括了我们与当地导游的友好交谈，这是一位有趣的"埃及王子"，他坚信埃及的气候四季分明，因为在他们的夏天里，埃及南部地区的气温可高达48摄氏度。同时，他也不同意我们对埃及气候干燥的看法，他告诉我们，埃及96%的国土面积是沙漠，4%的尼罗河两岸的土地养育着埃及的大多数人。所以，一旦他听到我们说"你们没有水"，他便会大声喊叫："谁说我们没有水，我们有尼罗河，那么大、那么古老的一条河啊！"

事实上，埃及这条狭长的尼罗河，确实哺育了古埃及文明，还开创了这个地球上人类最领先的文明样式。虽然，我们的脑海中，通常认为有水的地方是指一些水网交织、水源丰富的三角洲地区，例如中国的长江三角洲、珠江三角洲。然而，在简短的对话中，我们也体会到了中埃两地的自然环境差异与文化认知上的不同。但是，正如之前提到的，有河流的地方就有生命、有文明，尼罗河也正是如此，作为埃及境内一条自南向北的河流，也是埃及的母亲河，埃及人直到今天都是沿河而居。同时，尼罗河与我们的长江、黄河不太一样，它每年会定期、定时地泛滥，大量的淤泥带给了两岸肥沃的泥土，古埃及人就是在这层肥沃的泥土上种植庄稼。此外，因为有了粮食做保障，古埃及人口开始增加，社会开始繁荣发展。于是，在公元前31世纪时，尼罗河流域就形成了两个古老的国家，分别是尼罗河上游河谷地区的上埃及和尼罗河入海口三角洲地区的下埃及。所以，尼罗河自古就是埃及社会文明与发展的重要坐标和基础因素。

之后，我们在沙漠休闲的时光中，还对着金字塔拍出了不同角度与光影组合的照片，镜头中极简景物，只有蓝天、黄沙和金字塔，也让我体会到埃及之行中，第一个单纯与宁静的感受。我们可以在这种感受中，尝试与埃及的古老文明对话，既用心，也用眼。

看过了埃及的吉萨金字塔区之后，我的内心产生了不小的震撼。稍后，我们便加快了解古埃及文明的脚步，到达了埃及的另一个国家标志——斯芬克斯狮身人面像。对比自己曾在巴黎卢浮宫入口处，看见的那尊青石狮身人面像的仿制工艺品，此刻我眼前的斯芬克斯狮身人面像真迹，给予了我完全不同的内心冲击，它巨大无比，且威严神奇。我们进入景区，先经过了一个小小的祭祀柱庙，然后就来到了这座斯芬克斯狮身人面像的面前。这座由宽大的基座与巨大的砂石雕塑组成的雕像，之所以出现在金字塔群附近，是因为它是哈夫拉金字塔的守护神，并按照古埃及法老哈夫拉的面部样子雕刻而成。而我们看到的哈夫拉法老人像，本应该如历代法老一样还有胡须的部分，但由于过往历史中的人为破坏，胡须部分已经被打掉并几经周折，存放在英国伦敦的大英博物馆。

　　同时，我们观察着这座雕塑造型中，既有法老的面部五官特征，又采用了一头俯卧姿态的狮子身态。其中，狮子长长的前爪平放在宽大基座的前方，盘曲的后腿则趴卧在宽大基座的后方，雕塑整体看上去既宏伟壮观，又包含了法老凝视前方、庄严肃穆的神态。眼前的这座斯芬克斯狮身人面像，形态极美。虽然，经历了几千年的风化，雕塑已呈现出不同的颜色分层，但就以今天的艺术审美来衡量，它也是举世无双的珍品。这座雕塑中的主人公，是在古埃及神话中寓意仁慈和高贵的斯芬克斯神，它也让我充满了探索的兴趣。随后我们发现，其实斯芬克斯除了狮身人面的造型，还有羊头狮身和鹰头狮身的不同造型。不得不说，古埃及人拥有着丰富的想象力，它们将人与动物的力量结合在一起，形象地表达着他们对不同神灵的性格和特点认知。这也是在之后帝王谷的参观游览中，我们发现大量的墓葬壁画之中，还有着许多兽面人身的形象，它们作为不同的神灵，拥有不同动物头像与人身组合的形态，例如阿努比斯，就是以胡狼头与人身组合形态的死神。

　　我一边注视着眼前这座巨大的狮身人面像，一边感慨古埃及文明真是太奇妙了。通过这座雕塑的精巧构思和恢宏气度，我已能体会一个来自近5000年前的古埃及王朝，它的繁荣发展景象，以及拥有很高艺术成就和实践能力的社会形态。不得不说，走过世界各地，我还未曾领略过如此震撼的感受。遥望不远处的金字塔群，它们既是古埃及人对世界文明的巨大贡献，也将我们全身心地带入到了对埃及之行的期待之中。同时，幸运的是随后的卢克索游览和参观中，又一次刷新了我们对古埃及文明的惊奇与赞叹，并将自身对人类文明历史的理解，直接推进到了近6000年前。

神游卢克索

　　我们的埃及之行第二站是文化底蕴厚重的卢克索，如果以城市类比的角度来看，埃及的卢克索就像中国的西安。这一行也是我期待已久的沙漠穿越之旅，因为从开罗到卢克索的一行中，我们会穿越埃及的撒哈拉大沙漠。撒哈拉既是东非的最大沙漠，也是世界最大的沙漠，它是我们这个星球表面最炎热、最缺水的一片干燥区域。同时，我们带着对这片沙漠里究竟有没有三毛书中的故事，人和感受的好奇，驶进了这片沙漠。当车行绕过了公路的一处又一处，我们都难以看到人迹。我在眼前的巨大"无人区"中，搜索着似曾相识的感觉，并将一路时光抽象成了内心与撒哈拉的一场猜想。相比中国西部的新疆克拉玛依"魔鬼城"，撒哈拉看上去更加干旱、少雨，沙子是这片陆地表面上的唯一存在。

　　同时，观察撒哈拉还没有风化成沙的低矮沙丘，也不似"魔鬼城"的高大与连绵，它们显得更加沙化，并且没有丝毫的生命附着物。于是，我们向当地人询问它们是否有名字，但没有得到具体反馈，也许是因没有差别而没有命名的意义。虽然，这是一个人类之于自然的俯视价值角度，但我还是愿意相信就像三毛《撒哈拉沙漠》中所写的："沙漠的深处有人们居住，他们有家庭，有篝火，虽然十分贫瘠，但也有真情的生活。"同时，我也相信这些低矮的沙体，还是他们日常出入的方位标志，也是只有他们自己才知道的地理知识。就这样，我们奔驰在一望无际的撒哈拉里，经过4个多小时，终于达到红海边的度假酒店。经过一晚短暂的休息，于第二天清早，我们便沿着红海细长的海岸线，继续向着埃及第二大城市卢克索出发，并如约在中午前到达了卡纳克神庙。

此时，卢克索正午干燥的热风已剥去了我的外套衣衫，眼前的卡纳克神庙是卢克索重要的文化底蕴代表作之一，所以接下来的参观，我们就像是行走在一场来自古埃及文明的盛大游行之中。当我们走上神庙前的甬道，便看到这条甬道的两旁栏杆上用以装饰的羊头狮身雕像，既分组、平行相对又已面目残缺不全。从破坏痕迹来看，更像是人为切割的手法，经与当地导游交流，得知原来这与20世纪80年代之前，在埃及国内个人买卖文物合法有着一定关系。于是，这也解开了我们参观卢浮宫时，我很好奇为什么四分之一的藏品都是来自埃及，与此同时大量古埃及文物流向欧洲，据说还出现在了大英博物馆中。

我们正式进入卡纳克神庙之后，先是通过了一处开阔的广场，广场上两尊巨大的法老雕像站立在那里，他们戴着象征法

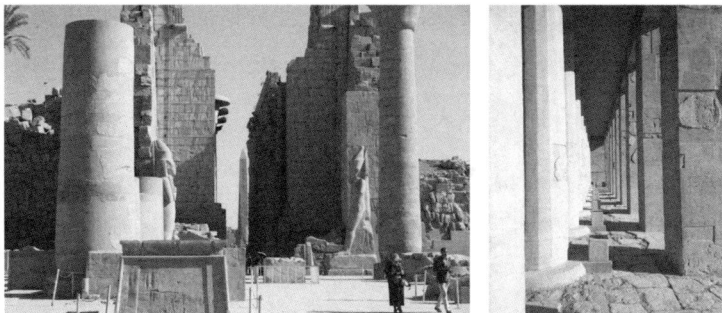

老权威的王冠，双手交叉于胸前，以一手执神杖，一手执法器的标准复活姿态，出现在游人面前。我们再向前走，在两位高大的法老站立像旁，看见了一处石碑和神庙墙壁上刻着的古埃及象形文字。这些古埃及象形文字，据考证距今已有5000年的历史了，它们是人类于公元前3000年前创造的文化。我眼前这些由图形、音节和字母混合而成的文字体系，是既神秘又复合的，它们好像代表了古埃及人既对不同事物有不同认知，同时又对不同认识处于不同递延程度，但还没有到达完全归类提炼与抽象的稳定状态。

例如，在眼前的象形文字中，我发现了鸟的象形文字，它的出现频率远高于其他文字。我通过与当地导游了解得知，古埃及人通常以微小的图像变化，表达他们对不同种类的鸟的认知，所以在古埃及象形文字中，鸟的文字的确很多。与此同时，文字作为人类社会发展的一项重要标志，眼前的古老象形文字体系，足以令我思考5000年前脚下的这片非洲大地上，会是怎样的一幅生息繁衍的生命状态，此外他们在需要庞大记忆才能承载的复杂文字体系中，又在传达着怎样的丰富社会形态。相比当时世界范围内，人类普遍处在新石器时期，以结绳记事、磨制石器为主要特征，古埃及象形文字的领先意义，也是深具世界性的。另一方面，世界上最早出现的三种文字，苏美尔的楔形文字、古埃及的象形文字、中国的甲骨文，都无独有偶地采用了根据实物的本体造字，也根据两个物体之间的动作关系，表示行为或行为产生结果的方式造字，这说明了文字乃是人类认知与实践的结晶。

我们沿着卡纳克神庙的中轴线继续前行，便来到了卡纳克神庙的最核心区域——柱厅。我眼前的巨大柱厅，是带有非常鲜明的古埃及信仰特点的建筑矩阵，它由左右两边各千余平方米的柱形矩阵空间对称组成，每根柱体的高度约为20米，柱体粗细为直径约1米，并在柱与柱之间以厚重的连梁相接，形成了一个通透的太阳光影与柱体森林相结合的古建筑体。此外，虽然随着岁月出现了不同程度的连梁损坏与柱体风化，但在每一根柱体上刻有的古埃及象形文字、图画和符号，证实了古埃及人对太阳神阿蒙的强烈崇拜。其实，卡纳克神庙的柱厅，也是我见过最恢宏、壮观的古建筑之一，当我们进入柱厅后，我好像站在了古埃及人对太阳崇拜的敬意，与来自悠远历史的神秘感，和古埃及人理想性的建筑思考三者之中。我在右手边的柱厅里，寻找着著名的《图特摩斯三世年代记》和拉美西斯二世有关卡迭什战役的铭文，期待了解埃及中古国时期和新王朝时期的两段著名事迹，我想沉浸在脑海中所知的一个个历史画面中。另一方面，通过游览开罗的金字塔、斯芬克斯狮身人面像，以及眼前的卡纳克神庙柱厅，我发现古埃及人的遗迹处处彰显着他们思想中的崇高性，和背后所处社会发展的丰沃、富庶，以及创造力闪耀的光芒。于是，我用相机几乎复印似的拍摄下了柱厅的每一处细节，期待这些珍贵的资料带领我向深去揭示一个古老文明的内涵。

　　带着无比流连，我们参观完柱厅后，向神庙的更前方走去。此时，我的头顶上，是一片卢克索蓝纸一般的晴空。这令我不由得心生感叹，非洲大地是如此明净，我们几天来所见的蓝天，都几乎单纯得没有云朵。而就在我们经过前行道路时，左手边的一尊仅剩上部躯干的残破古埃及雕像，让我看到了一幅很有灵性的场景。那时，高大的柱厅建筑体遮挡了部分光线，下午时分仅有了一束阳光，正好投射在这尊人物雕像左侧的心脏部位上。因为这一束阳光，似乎给予了这尊残破的雕像以生命，它看上去是那么鲜活，我随即拿起相机，抓拍了这个时刻，镜头中是一个又一个充满灵性的瞬间。也正是这样的一个场景，让我相信了卡纳克神庙拥有神的光环，这些古埃及人的雕像本身也像是被注入了生命力。

　　继续向前探索，我们走进了阳光下炙热的空旷场地，看见了卡纳克神庙的著名方尖碑建筑体，它们是为世界上第一位女王、也是古埃及历史上女法老哈特谢普苏特女王所立的纪念碑。同时，此时我们眼前的这两座方尖碑，高约29米，重达

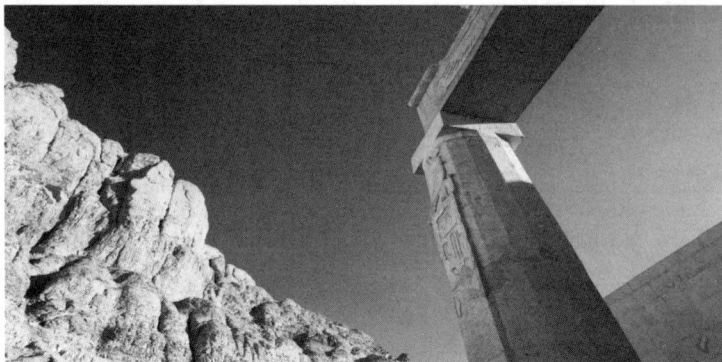

323吨，它们也是埃及国内最高的方尖碑。说到方尖碑建筑，它们作为古埃及人对太阳神阿蒙崇拜的主要建筑表现形式，预示着每当太阳升起，碑尖上就会有光芒的出现，而那就是法老迎接太阳神的地方。虽然，我在见到卡纳克神庙的方尖碑之前，已在巴黎协和广场上见过来自埃及的方尖碑真品，但这两处方尖碑所处的历史、文化土壤不同。此时，哈特谢普苏特女王方尖碑与卡纳克神庙的古埃及象形文字、羊头狮身雕塑、法老石像和巨大的柱厅，以及众多的古埃及壁画，形成了一个古埃及人对太阳神阿蒙崇拜的信仰整体，它们是古埃及文明留在非洲大地上的诗行，存在于这里有着更真实与深厚的历史意义。

此外，这位方尖碑的所有者——哈特谢普苏特女王，是我们习惯于一提起她便会注解为埃及历史上堪比中国武则天的一位古埃及新王朝时期的著名历史人物。这位哈特谢普苏特女王作为法老图特莫斯一世的女儿，从小便志向远大、秉性刚强，并立志要成为全埃及的最高统治者。此外，由于古埃及人有近亲传承的血统规则，所以哈特谢普苏特女王还是图特莫斯二世法老同父异母的妹妹兼王后。于是，立志要做全埃及最高统治者的女王，在后期也走过了与图特莫斯三世的王位之争，而我们眼前的这两座方尖碑，就是她证明自己是太阳神阿蒙的女儿，以及最终改写了古埃及统治历史的记载。我抚摸着这位哈特谢普苏特女王在方尖碑上的铭文，通过翻查资料得知，其中有一段非常虔诚和感人："阿蒙，两片土地王座之主：他让我统治黑土地和红土地。作为一种奖赏，在整个土地上没有人反对我。我确实是他的女儿，我服侍他，知道他所有的意旨。"另一方面，也要感谢古埃及历史上的图特莫斯三世法老，在他于女王之后取得王位时，并没有毁掉这两座方尖碑和卡纳克神庙，于是我们才得以获知更多古埃及女性法老的历史真实事迹，以及古埃及人对太阳神的崇拜。

通过与当地导游的交流，我们逐渐认识到古埃及是一个多神崇拜的国家，在不同时代、不同地区信奉不同的神，而这些神灵之间有着错综复杂的关系。其中，"九柱神"家族是埃及神话中比较完整的神灵系统，而在古埃及人的心目中，太阳神拉是最伟大的神灵，他是众神之父与主宰。同时，眼前铭文中提到的阿蒙曾是埃及南方上埃及底比斯的主神，在埃及第十一王朝时，底比斯成为全埃及都城，阿蒙和拉成为同一神。所以，不难看出古埃及太阳神也经历过不同历史时期，有众神和复合神的特征。

稍后我们走过了方尖碑，再向神庙四处散落的石块和左右两边的雕像甬道走去，在卡纳克神庙内整体参观，就像在阅读一部遥远而辉煌的古埃及历史，既有神灵与法老间的沟通，还有战争与政治的记载，更体现着尼罗河哺育的富庶古埃及的社会发展。我们看过了神庙，一边走在卢克索市区老式的街道上，一边感受着这些街头巷尾蕴藏的历史和文化意味。此时，傍晚尼罗河的风光格外柔情，河岸两旁的棕榈树在余晖下闪动着余晖。我们在尼罗河边享用的晚餐，是传统的埃及肉酱与面饼搭配和餐后香甜的椰枣，商量着第二天前往埃及新王国时期的法老陵墓群，即位于卢克索尼罗河西岸的帝王谷一行。

次日清晨，尼罗河终于送来了凉爽的轻风，我们出发前往库尔恩山的帝王谷法老陵墓群。想到埃及帝王谷，不免也令我想起家乡中国西部的东方帝王谷，那是以秦始皇陵为代表的陕西关中地区，共有72座帝王陵，埋葬了73位帝王的地方。回想当年我参观秦始皇陵时，站在1号坑上看6000多武士俑与战车和陶马并立的壮观景象，心中也是无限感慨。目前秦始皇陵已对外开放的三个坑，将中国两千多年前的秦朝战争景象和一位创立宏图伟业的帝王形象，生动展现在了世界游人面前。我想，也许正是这种在全世界范围内共同的"虽死犹生"的墓葬观念，才令我们得以通过这些墓葬了解到曾经的人类辉煌历史。我们即将抵达的埃及帝王谷，作为古埃及新王国时期的法老陵墓群，虽然是因19世纪的民间盗墓挖掘而显露于世，但它一经出世便惊艳了全球考古界，也令帝王谷与金字塔并列成为世界对古埃及文明的猜想与期待。此行，我们即将走进拉美西斯三世、九世和十世的葬祭殿，它们都是很有看点的古埃及历史遗迹，对于我了解古埃及新王国时期的社会经济、文化与生活都有着直观的帮助。

我们再次车行进入了尼罗河西岸的大沙漠，虽然对于尼罗河西岸的"死人城"概念已不再陌生，但是帝王谷之所以成为古埃及新王国时期的历代法老墓葬群，它的地理位置还是因其隐秘性，深藏在沙漠荒芜的一片石灰岩峡谷之中。当我们经过了蜿蜒的车程之后，到达了眼前的库尔恩山，它是一座金字塔般的三角形山峰，高高地耸立在沙漠中。根据历史，我们发现古埃及新王国时期之前的法老，是以金字塔进行墓葬的，但由于金字塔的位置明显，因盗墓挖掘造成了法老安息与死后复活的诸多侵扰。于是，等到古埃及新王国时期，法老便改变了金字塔墓葬的形式，选择在库尔恩山的一面山体断崖和峭壁上开凿墓室。同时，通过后来我们对墓穴构造的实地参观，我发现它们的设计原理并不复杂，基本都采用了"笛穴"的形态，也就是我们需要走过很长的墓道和下行角度，才能达到安放法老棺椁的主墓室。此外，虽然法老的主墓室后部往往会留出一部分空间，但最终还是会封闭起来，形成单向的长墓道设计。从库尔恩山隐蔽的墓葬选址，和山体极其坚固的石灰岩，以及向下倾斜的墓道设计来看，不难领会新王国时期的法老们对复活的执着。同时，通过随后在埃及国家博物馆中，参观图坦卡门法老墓丰厚的陪葬品，以及据说曾有3吨出土黄金的情况来看，古埃及已是盛产黄金并拥有成熟黄金冶炼、雕刻技艺的富庶国家了。

此外，我们在参观陵墓时，还发现了帝王谷的墓室壁画充分体现了古埃及人丰富的精神世界，那是一种独立于我们所有认知之外的文化体系。当我站在一幅鸟首人身的神灵与法老对话交流的壁画之前，我观察着鸟首人身的神灵，它头顶圆日、侧面而坐，通过之前对埃及神话的了解，可以推测出它或许是太阳神。与此同时，我们还在壁画中观察到法老头顶的羊角，以及身边的各种人物、动物造型，这幅内涵丰富的壁画似乎展现着一个神秘而完整社会体系。另一方面，通过对帝王谷陵墓中的多幅壁画观察，我发现古埃及的人物造型多是以侧脸出现的，更为有趣的是按照我们的目视规律，一般在人物侧脸上只能看见人物的侧眼，然而在这些古埃及壁画中，又都采用了正眼的绘画角度。

无独有偶，我还发现在这些古埃及壁画中，人物的肢体造型也是普遍采用了上半身正面的视角，我们可以清晰地看到人物的胸部以及双臂，但是人物的腿部在壁画中，又采用了侧面的视角，所以通常我们看到的是细小的胯骨，和行走姿态下两腿前后分开的形态。通过翻查资料，我了解到这是由于古埃及人认为从人的侧面看人脸的轮廓是更为清晰的，但要刻画一个人最准确的表达，则是他的眼睛，所以我们才会看到壁画中运用了正眼的角度。同时，这种侧脸正眼与正身侧腿的角度，便是古埃及文明中很有代表性的独特绘画特点，所以它给予了我们既相似又相异，且逻辑通顺的神秘感。此外，我观察到这些古埃及壁画中，虽然体现的人物、动物、神灵、自然等元素和图像众多，但由于只采用了蓝、红、白、黄四样色彩，所以壁画虽然内容丰富，但并不觉散乱，这一点也是古埃及绘画的独到之处。再仔细观察壁画中人物造型的绘画细节，我还发现这些人物的眼部都运用了黑色的眼线及长长的眼尾线，来勾勒和表达古埃及人对人物眼部塑造的重要性。

回顾我们走过的帝王谷各座陵墓，它们让我对古埃及新王国时期的政治、经济和社会生活有了丰富且生动的感知。同时，精美雕刻的棺椁与随葬品，墓道两侧与顶部的壁画都令我们叹为观止，很难想象此时就置身于一个神秘而具象的古埃及文明之中。在大量以法老与狼神阿努比斯、羊神克奴姆、蛇神艾德乔对话为题材的壁画中，我能清晰地体会古埃及人独特的认知与审美观，那是与我们熟知的亚欧文明迥异的内在逻辑。而这套深邃又奇异的内在逻辑，也将指引我们向古埃及文明的更深处走去。此外，我感叹于帝王谷、金字塔、卡纳克神庙既是古埃及文明艺术、文化的宝库，也是古埃及留给世界的伟大贡献，但从几处遗迹的保护现状来看，颇感埃及在文物保护及管理方面面临一定的挑战。

红海是世界上最美的海

由于长期生活在南海边，也曾去往南中国海、太平洋东西海岸、波斯湾、阿拉伯海以及印度洋海岸，所以我对海既不陌生，也不新奇。脑海中对大海的条件反射也多是蓝蓝的海水、白净的沙滩、青青的椰树、暖暖的海风的一些刻板印象。同时，相比古埃及灿烂的文明，红海的风光并未入关注之列。然而，这条狭长的陆间海却意外地带给了我极其美妙的体验。第一次近距离接触红海，是在从开罗前往卢克索的途中，我们在红海边赫尔格达市的一家度假酒店，休整了一晚。虽然酒店的规模并不大，但园林中的"L"形泳池，一湾碧蓝的池水实令人心旷神怡。与此同时，暖黄色的酒店外立面让人视觉放松，窄窗沿的四方形小窗和黑色的铁艺桌椅，和适合干旱气候下的勒杜鹃装点的步道和窗景，相对数小时的沙漠视觉疲劳，是赏心悦目的一派地中海度假风情。

中午，我们坐在酒店的空中餐厅用餐，甜品和热带水果

缓解了我们枯燥的味觉体验。虽然，当地导游一再强调埃及也有很多好吃的，但我们在这餐之前，都抱持怀疑态度。空中餐厅的对面就是湛蓝无垠的红海，它拱起像蓝色绸缎般的微微褶皱，让我们欣赏着它蓝得化不开，又蓝得冲不散的海水。由于这间度假酒店与一个私人沙滩相连，所以我们从阳光下的玻璃窗远望出去，海平面上是一条长长的码头，码头的前方停放着几艘白色的游艇。相比之前撒哈拉黄沙漫天的壮阔感受，此时红海的蓝与白的景物组合，幽静、闲适，清新与舒畅。

虽然，红海作为我们的初中地理知识，仅在课本中一笔带过，我们没能像马六甲、波斯湾那样形成强烈的记忆点，但此时，当我站在红海边，便发现了这条长约2000公里的狭长陆间海，它的地理位置与战略意义都是国际性的。它地处东非大裂谷的延伸带，西边是埃及东部沙漠，东边则是阿拉伯沙漠，红海实际上是两片大沙漠中的唯一生命之泉。同时，干燥、炙热的沙漠气候又无可避免地造成了红海的大量水分蒸发，所以我们眼前的这条红海还是地球表面最咸、水温温度最高的海。此外，正是红海盐体矿物质密度高的这一特性，又导致了它看上去既浓稠又湛蓝，这种海之蓝色并不是我们日常所见的清淡、透明质地，而是有着结晶般的厚度感，于是才令我们对红海有了蓝色绸缎般的视觉体验。

另一方面，虽然我们此行并未向埃及北部临地中海地区延伸，但是埃及作为两面环海的国家，东临红海，北邻地中海，既拥有800多公里长的红海海岸线，也拥有世界上最美的暗礁和珊瑚群，还是1000多种海底生物的观赏天堂。于是，我们看到这家酒店中，有许多欧洲的度假游客举家来此，把1个月左右的度假时光，都交给了赫尔格达。此外，听说不少旅行发烧友还将红海作为再次造访埃及的第一目的地，这也是埃及在古埃及文明之外，再打造的一张旅游大牌了。事实上，虽然古埃及文明满足了人们文化旅行的需要，但随着近些年来的旅游数据变化，度假休闲游因能舒展现代都市人的社会压力，成为具备多频次、往复性消费的旅行品类。例如，对比国内西安与成都这两个著名的旅游目的地来说，西安的历史文化旅游的确吸引了全世界范围内的游客，但成都的都市闲情与美食之旅，却反复拉动了游人多次到访，并为当地留下每年逾200亿元的休闲消费经济。

带着短暂体验红海的感受，次日清晨，我们从赫尔格达出发继续前往卢克索。这一路上，道路左边是沙漠，道路右边是红海，它们像一半海水、一半火焰的情绪交替，孪生的美景令人赏心悦目。据说，阿拉伯人认为红海北方的海水是黑色的，而南方的海水是红色，所以一路上我也在观察红海海面宽度的不断变化，以及海水颜色深浅变化的情况。其次，想起研究学者称在这片海面最宽处仅306公里、约45万平方公里面积的红海海体之中，普遍生长着一种红色的海藻，所以红海曾出现过海水变红的奇异自然现象，于是才被命名为红海。虽然，无法判断阿拉伯人的经验之谈与研究学者的红藻理论，究竟哪个更为准确，但此时眼前海水的颜色深浅变化，的确颇为灵动。此外，再结合红海的地理位置进行思考，我认为很可能是由于红海地处板块构造之间，所以海底既有硅镁层岩石，也有水平错断的长裂缝，同时裂缝又很可能将板块的断裂带连接了起来，所以红海复杂的海底构造，是决定了海水深浅变化的原因。

一路的猜想与首次与红海谋面留下的好印象，在我们离开卢克索沿尼罗河北上折返开罗的途中，我们再次选择来到了红海。此时，车子停靠酒店门口时，我们便有了宾至如归的感受。稍后，放下行李、换好行装，便开启了安心、静意与红海相伴的一天时光。我们在温暖的水域中潜水、游泳，相比其他海域，我认为"小而奇异"是红海的特点。它没有太平洋的壮阔与博大，也不像海明威《老人与海》中描写的充满风暴与惊险，它就是十分稳定而优美的一片狭长海，但有着一股静静地等待你去深潜，等待你去亲近美丽的珊瑚和黄色小鱼群的吸引力。同时，我们很幸运地发现红海的海底，是未因游人过多而变得浑浊的海底，也没有禁止触摸珊瑚的一再警示。这些，也让我们明白了在红海，海底是明亮的，海水是安全而平静的，游人有着不受约束的快乐，感受着人与自然的柔和连接。

海上体验之后，我们望着眼前宁静而美丽的红海，还有近处海边几棵高大的棕榈树，这些棕榈树就像是古埃及的文化符号，出现在古埃及题材的多部电影中，也引发了我们了解它的兴趣。通过与当地人交流，我们得知这种神奇的棕榈树，几乎是耐高温、耐水淹、耐干旱、耐盐碱、耐霜冻的一种"万能"植物。而它的真正神奇之处，还在于虽可能身处世界各地，然所产之物各有不同。通常，我们所见较多的是可供人观赏的景观棕榈树，以及可以结出棕榈果、以供榨油之用的棕榈树。然而，此行埃及我意外地发现，原来椰枣也是产自棕榈树中的一种，即枣椰树的果实。这些由一层黑而透着油光的果皮包裹，内里则是香甜、粉糯枣肉的神奇沙漠水果，正有赖于这一层厚黑的果皮，它既能抵御干旱、炎热气候下的水分蒸发，同时还能帮助椰枣凝结超高的甜度，成就这个神奇造物主给予干旱气候的不吝馈赠。

此时，时光已至午后，游艇码头的太阳伞下躺卧着休闲的游人，我们也与几只码头上的埃及猫一起晒着太阳。正如之前提到的埃及人的多神信仰，猫神巴斯泰托就有着从早期的战神转变为埃及人的家庭守护神，和象征了温暖与欢乐的含义。眼前的这几只埃及猫，并不怕人，来往的埃及人也不打扰它们的自由生活，他们之间有一种彼此可以共享美好空间的关系。与此同时，我在与埃及猫的互动中，发现它们的额头有形似甲虫的图案，还有黑而长的眼尾线，就像我们参观帝王谷壁画时所看到的人物眼部造型的勾勒。看来，古埃及艺术表现中是有源于自然，再以如真形态反映自然的特点。

下午时分的红海边，已是阳光的晒场。我们在钓鱼、喂鱼体验后，开始交谈这条在欧亚非三地交通咽喉位置的陆间海，有哪些从古到今的历史轶事。首先，我们想到了《圣经》中《出埃及记》的一章，其中记载了埃及王因忌惮以色列人生养众多或与外敌联合攻伐埃及，而苦待做工的以色列人，或杀掉以色列的新生儿。以及，以色列人的苦情被耶和华神知晓后，他便召唤使者摩西要带领以色列人离开埃及，过红海，回到"流奶与蜜之地"的耶路撒冷去。有关摩西带领以色列人过红海的《圣经》词句，一直都是神迹奇事，被信徒们经久传诵。同时，记载中耶和华神降下了"十灾"以惩罚埃及王，正是我们在参观帝王谷时，发现陵墓遭到严重毁坏的拉美西斯一世法老。随后，我们又交流着公元7世纪时，阿拉伯半岛由于商路发展中兴，并在伊斯兰教创立之后，逐渐强大了起来。以及，阿拉伯人在公元7世纪的扩张中，跨过了眼前的红海，占领了当时的埃及，从此埃及就成为阿拉伯世界的一部分，而眼前狭长的红海并没有构成保护埃及的天然屏障。就这样，我们交流着有关红海的历史事件，再将思绪拉回近现代它的历史时刻。

那是随着1969年的苏伊士运河通航，如今的红海已是欧洲经由地中海、苏伊士运河而抵达印度洋和亚洲的海上必经之道。于此，红海因其特殊的地理位置见证了古埃及文明和伊斯兰文明的中心地带，它的地缘政治地位也十分重要。其次，中东作为世界的石油宝库，红海是连接非洲东海岸和阿拉伯半岛西海岸，并从南部曼德海峡通往北部苏伊士运河，而成就的一条重要国际石油运输的关键路线，还将一直发挥重要的国际战略意义！

每当我回想在红海岸边，这一段与红海美好相伴的时光，都是内心既赞叹，又深感安逸的。它让我细细地体会到旅行就是一种学习，它能串联自己原有的知识点，在实地中启发和升华我们对事物原有的感知与理解。虽然，伴着又一个清晨凉爽的海风，我们需要沿着红海的海岸线继续向北，向着埃及的首都开罗返程，但是再看看我眼前的这一片红海，感谢它留给人与自然的静谧和谐，我十分留恋它的"小而奇异"，正是它的这份安宁，带给了我埃及之行中最没有准备的惊喜。

红海，是世界上最美的海，它值得正在阅读此书的你去欣赏，去体会。

金光闪耀下的开罗

　　埃及之行的最后，我们以始为终地再次回到了开罗，并计划在这里作些时间上的停留，希望好好游览一下古埃及文明宝藏之地——埃及国家博物馆，以及开罗市的伊斯兰老城区。傍晚时分，当我们乘坐的车辆缓缓驶入开罗市区时，我们的当地导游便急忙与我们告别，迫不及待地回家，与家人共享丰盛的阿拉伯晚餐。我们这些天纵贯埃及南北的长途行程的确是艰苦的，之于我们，也之于我们的导游，所以祝福他和他的四个孩子，即将拥有一晚相聚欢乐的时光。通过几天的接触与交流，我们逐渐体会着埃及人口的组成情况，以及当地的人文风情。其中，包括卢克索市区为我们驾马车的埃及男子，他们身着长袍，用布包头，卷曲的胡子和喜欢抽香烟的习惯，都带着阿拉伯人的传统生活气息。同时，我们此行所见的埃及人大多皮肤偏向棕黄色，既不是我们传统意义上理解的非洲黑人，也不像曾经以为的欧罗巴地中海的白种人。所以，一路上我也在猜想他们究竟是不是我们在壁画中看到的古埃及人呢？

这个问题，几天来一直萦绕在我的脑海中，通过翻查资料，我们得知现在的埃及人大多是古阿拉伯人与古埃及人联姻的后裔。这与之前提到的公元7世纪，阿拉伯人跨过红海、占领了埃及，并在统治埃及的过程中，以阿拉伯语替代了埃及曾使用过的希腊语、科普特语和古埃及方言的历史阶段有关。所以，埃及在此之后成为伊斯兰国家，还曾一度成为阿拉伯世界的文化中心。其中，具有代表性的文化现象有开罗拥有号称阿拉伯地区最大的军事学校——埃及军事学院，它除了是著名的埃及前总统穆巴拉克的毕业学校，还是很多中东的军事将领的进修之地。此外，我们在开罗市区中还看得到一处号称伊斯兰国家最大的伊斯兰学院，据说中国的阿訇也会慕名来此进修。

同时，我们发现埃及如同我们曾经走过的伊斯兰地区或伊斯兰国家一样，按照《古兰经》的规定允许一夫多妻的婚姻生活，一名埃及男子最多可以拥有四个合法妻子。这样的婚姻制度，也让埃及男子在家庭生活中居于特殊的地位，他们以继承阿拉伯裔男子擅长经商和维持生计的基因，成为每一个埃及家庭中的经济支柱。同时，通过与当地埃及人交流，我们也了解到埃及男子虽然一生可以娶四位妻子，但要按照《古兰经》的教义平等一致地对待每一位妻子。以婚后住房条件来看，丈夫是需要为每一位妻子配置一层楼或一间房，而这对于普通的埃及男人来说，不是一件轻松的事。所以，随着时代的发展，这样的婚姻制度在埃及也有了较大的自发变化。此外，追溯这

种婚姻制度的历史原因，我发现它可能与阿拉伯世界的长期征战有相关性。据说，这种婚姻制度的最初起因，是为了帮助那些由于战争而失去丈夫、生活无靠的妇女们。此外，现代埃及人普遍比较注重家庭生活，他们重视和喜欢生养孩子，认为多子多福的信仰是真实存在的。据说，这也是受到历时两百年、多达八次的"十字军东征"的影响。由于战争中阿拉伯人伤亡严重，所以他们普遍认为只有多生孩子，并将这些孩子变成战士，才能有效地阻挡敌人。于此，通过追本溯源埃及人的婚姻制度和生育观念这两点社会现象，也让我看清了社会制度都不是孤立存在的，它们基于历史政治和族群生存的基本诉求。同时，这一诉求一直是人类不断演进的核心动力。

　　然而，一个递进式的疑问又在我的脑海中回旋，那就是古埃及人的长相究竟如何呢？他们是否还有幸存者留存了下来？我们带着这样的疑问，展开了第二天参观埃及国家博物馆的既定计划。当我们顺着人流走到一座橘粉色外观的博物馆时，我便被它洋溢的艺术感性与热情而触动。这座出自法国设计师之手的浪漫博物馆，就像是一座埃及艳后克娄巴特拉的个人博物馆。因为除了博物馆广场上的狮身人面像和法老石像，整座博物馆的外观最显眼之处，便是两幅以克娄巴特拉人物造型为主题的浮雕。其中一幅雕像中，克娄巴特拉将手垂落于胸前，凸显了她的性感与美丽；而另一幅雕像中，克娄巴特拉则手持埃及的国花——莲花于胸前，寓意了她作为法老的端庄和心系国家的伟大。这座埃及国家博物馆也是我在世界多座博物馆的参观中，发现外观最为浪漫的一座博物馆了。不难看出，面对浩瀚、灿烂的古埃及文明，设计师仅抽取了埃及艳后的人物元素来装饰外观，并加以女性柔和的橘粉色作为主色调，足以证明他对这位历史女性的推崇与赞叹了。

　　然而，追溯这位埃及艳后克娄巴特拉，即我们熟悉的托勒密王朝第7世法老，其实她并非古埃及人，而是马其顿人。起始于公元前305年的托勒密王朝，是由马其顿占领埃及后，派驻的总督托勒密自称为王而开启的时代。同时，虽然这个王朝的统治者说的是希腊语，但采取了包容的政治态度，对古埃及文明有良好的传承与保护。于是，这一王朝的统治者也在历史上被称为了埃及法老。此外，在寻找古埃及人真正的历史面貌过程中，我逐渐发现自公元前31世纪起，曾历经了3000年，直到公元前30年罗马帝国攻占了埃及，才宣告古埃及文明的终结，而经历这一历史时刻的便是这位埃及艳后克娄巴特拉了。纵观她众说纷纭的一生，作为第一位学习埃及语的托勒密王朝统治者，也曾宏图伟略，周旋于罗马执政官之间，本质上还是为了保全埃及免于沦为殖民地的局面。于此，我便理解了法国设计师为什么以埃及艳后手持国花来礼赞她的初心了。

参观完博物馆外观，我们便走进了博物馆高大的木门，来到了博物馆一层中厅的穹顶之下，这也是一个随处可见法老石像的巨大空间。通过观察，我们发现这些法老石像中，既有以双脚前后站立姿态表示战争状态的，也有双脚平行而立、表示日常状态下的法老形象，而这些细节差异，恰好说明了古埃及人有着严密思维体系。然后，我们向博物馆一层的后部空间走去，便看见了多个厚重的法老石棺，它们正是来自我们前几天参观过的库尔恩山帝王谷。同时，仔细观察一座座巨大的石棺上的精细图案和符号，再将石棺、木乃伊、图案和符号联系起来，便能感受古埃及人早在5000多年前，就在思考和设定死亡、死后审判和复活之间的因果关系了。这也让我想起之前看见的各式古埃及壁画中，不断重复出现的一幅有关死后天平审判的图案。其中，狼头人和天平的图案正是因为古埃及人认为人死后会通过很多道冥界之门，人的良心也需要接受来自正义与真理的审判，只有通过者才能获得永生。同时，这些审判的问题采用了递进式，唯有每一个问题都符合正义与真理的要求时，才能进入最终的灵魂审判。如果出现与正义与真理不符的回答，则死者心脏会掉落到鳄鱼或狮身河马的怪兽池中，并因心脏被吞噬而得不到永生。

通过了解这七个著名的死亡审判问题，我深深感到古埃及人对自然和社会的统治智慧。例如，第一个问题为死者生前是否做过污染尼罗河水的事，这像是一个为保障埃及生命之水的灵魂拷问；再例如，第二个问题为是否做过对不起家庭的事，这像是通过对人性的测量而巩固社会稳定。而当死者通过了七个审判问题之后，心脏便与正义和真理女神玛特的羽毛被同时放在天平两边做以重量的比较。如果，死者的心脏重于羽毛，则说明死者的灵魂已受到污染，心脏还是会被怪兽吞噬掉，只有心脏与羽毛等重时，才会得到永生。通过了解死亡审判的问题和规则，我认为它们作为一整套认知体系，唯有高度的创造力和严密的社会统治才能催生如此丰富的精神产物。

随后，我们来到了博物馆的二楼，前往参观埃及国家博物馆的镇馆之宝——图坦卡蒙法老墓出土的随葬品。此前在帝王谷时，我们已参观过几位法老的真实墓穴，但图坦卡蒙法老墓的随葬品以3吨黄金和金棺而格外出名。此时，博物馆中展出的金椁室、人形金棺和金御座、王后金冠是以204公斤黄金打造而成，它们被称为人类历史上最精致、最伟大的金制品。这尊图坦卡蒙法老的三层金棺采用了双开金门的设计，以及精细的纹路和图案加以表面装饰，我们在图案中，还依稀可见古埃及人群的造型。与此同时，金棺的旁边还复原了一尊图坦卡蒙法老的战争站立像。雕像中的图坦卡蒙有着一头黑色的假发，英俊的面容，以双拳紧握、向前行走的动感，和黄金打造、微微前倾的衣裙，栩栩如生地再现了这位年轻法老的风采。统观埃及国家博物馆二楼的精湛纯金制品和随葬品展览，我能体会的是，它们都是古埃及社会强大又富庶的无声证明。其中，无论是金制品的设计感，还是黄金的加工工艺，都见证了古埃及人对金子的开采、冶炼、打造的成熟技艺，就如同中国对瓷器一样已处于顶峰的状态，它足以令这些器物在几千年后今天，依然凝聚着无上的荣光。

此外，当我们走在埃及国家博物馆中时，我有一种感受，即此处的藏品已丰富到像流水满溢一般。它们不仅以15万件藏品的数字而令人叹为观止，还因具有7000年的古文明而随处有更新发现的可能。在我们参观博物馆二楼的最近半年考古成果的橱窗时，就看到了古埃及时期的一些木制、皮制的基础生活用具的展品，其中农具、武器和乐器，这些更贴近古埃及人日常生活的展品，更能帮助我们勾勒出一幅尼罗河流域古埃及曾有的和美、温馨的农耕社会景象。回想这几天在尼罗河两岸的旅程中，我们曾看见的埃及绿色农田，奴比亚奶山羊和埃及驴，以及餐厅门口晒着太阳的狗，和根本不担心被驱逐的埃及猫，还有那些身穿白色长袍在田间劳作的埃及农人，他们共同组成了尼罗河谷的生机景象。作为一条从埃及的南部逆流而上，贯通了埃及全境的尼罗河，它世代养育了埃及的丰沃、富饶。另据考证，尼罗河谷的埃及驴，还是人类最早被驯化的品种，也是世界各地驴的先祖。于此，我很庆幸在旅程之中，曾有与奴比亚奶山羊、埃及驴、埃及猫的近距离互动，它们真实地为我打开了一扇古埃及久远的历史之门。此时，我再回想电影《埃及艳后》中，克娄巴特拉深情地对恺撒说"尼罗河的富庶会让罗马走得更远"之情节，不由得心领神会这片尼罗河谷的经济意义。

最后，在我们即将离开埃及国家博物馆时，我意外看到了一组双人埃及贵族的彩色雕像，据说他们的神情、样貌就是古埃及人的形象了。原来，古埃及人有着倾向于非洲原住民的长相特征，厚厚的嘴唇，宽宽的额头，以及并不高挺的鼻子和棕黄色的皮肤。同时，古埃及人的后裔现多居住在埃及南部地区和沙漠之中，在历史不断变迁中，他们以独居的姿态，逐渐变成了埃及的少数民族和非主流人群。然而，却是他们创造了无比辉煌的古埃及文明。与此同时，古埃及的文明程度和起源时间是在四大文明古国中，被认定为时间最早、历史最为神秘的。但是，对比如今埃及文化的阿拉伯化，古埃及文明就像一部断代的历史大片，成为这个国家古老的符号和象征，不免令人心生感慨。这也是当我站在金字塔、卡纳克神庙、帝王谷前，看着它们的遗址景象，期待当地政府加大文物保护力度的原因，期待它们为世界研究、探索神秘的古埃及文明，提供更长久的支撑。

我们在下午闭馆的催促声中，结束了一整天的参观。当我走出埃及国家博物馆时，发自内心地赞叹这间世界级的博物馆保存了历经7000年而不熄的人类文明火种，也是它让古埃及文明如今天这般，依旧金光闪耀在这片非洲大地上。我也感谢因为土耳其战事而促成的埃及之行，在这一行中，我们发现了一个亟待世界深度挖掘的文化魅力体，既领略了一个原始、神秘、自然又纯粹的非洲大陆，也在古老而神奇的古埃及文明之中，升华了对人类文明的体验和认知。同时，亲历了古老文明之后，时尚、现代、生机勃勃的开罗城市发展景象，也令我相信古老的文明在这片广袤的大地上，既上演过波澜壮阔的大戏，也将成为摩登又富饶的发展热土。

此外，在几天的埃及之行中，令我感受甚深的还有随处可感知的中埃友谊源远流长与情谊深厚。那不仅是我们在广州花都国际机场，所遇的众多非洲经商贸易群体或个人，也是此行埃及中遇见的开罗小朋友们。他们很喜欢中国，并经常在景点邀请我们一起合影，我想这既是来自古老文明之间的惺惺相惜，也是来自第三世界国家间的友爱和帮助之情。此时，我们搭乘的飞机即将起飞，离开开罗飞向深圳，我看着相机中开罗小朋友们脸上的笑容，他们就像这非洲大地上的太阳，既友好又开朗，像金光照耀着开罗的每个角落！

【后记】

当我走过世界上这些国家和地区，我也在不断感受自己从儿时一张世界地图的启蒙，到最终可以亲身前往，去观察与认识这个世界物质和文化的丰富性与多样性。这也是一个践行理想的过程，我经历着一系列美妙而丰盛的世界故事，了解了各地不同的风土人情，并对自己的世界观建设深有裨益与启迪。同时，我在这样一个美好的过程中，还有幸体会到了所走过的不同国家和地区，那些不同的文化和信仰背后，存在的相似与相通的人类精神财富与美好。

他们是我曾在缅甸仰光旅行时，听闻的辛劳又危险的采碎玉人，他们为谋生、为家庭或为生活而冒险，这份担当令我深深地动容。他们也是我曾在仰光海边度假时，负责警戒的安全人员，虽然没有交情，也没有顺畅的语言交流，但我可以交托旅行时的所有证件与财产，放心地漂流或深潜，他们默默的诚恳就是无声的信任凭证。他们还是我曾在意大利罗马游览时的中文导游，抑或在法国凡尔赛宫里遇到的华人讲解工作人员，他们向我传递了所在城市的每一个历史断面，或每一幅壁画、每一个陈列品以及每一个空间最详尽的历史信息。我为他们热爱世界艺术的敬业精神点赞，也为他们亲厚我这个远来同胞的那份乡情所感动。他们也还是我曾在埃及旅行时，所遇到的当地向导，在与之每一次有关古埃及文明的交流与请教之中，我都能体会到在他身上洋溢着来自远古文明的神秘和自豪感。我将那些带着神秘又有充满自豪感的瞬间，视为灵魂有光的渡口，我就是乘着这些光芒，遨游在人类博大的精神财富长河之中。

最后，感谢在此书里，所有在我的行走、观察与实地了解中给予我帮助的人们，在此向你们表示最深的感谢！作为一名西部的孩子，我在这样一个行走世界的旅程中，更多感受到的是人类的爱、温暖和阳光，它们是我们在这个地球上共同织就和跨种族、国家、地区共同信仰与期盼的精神财富。

李乐乐